Text

turmbund
literatur & kunst

türme

A-6020 Innsbruck, Müllerstr.3/I.
Innsbruck 2003
ISBN 3-85185-020-3

Drucklegung mit Unterstützung
des Kulturamtes der Stadt Innsbruck
der Kulturabteilung der Tiroler Landesregierung
und der Kunstsektion des Bundeskanzleramtes.

Stadtlandschaften
von Innsbruck bis Irkutsk

Lyrik und Prosa

Texttürme Nr. 5
Turmbund

Vorwort

Das 50-jährige Bestandsjubiläum des Turmbundes am 17.11.2001 gab die entscheidende Anregung zum vorliegenden Sonderband in der Reihe *Texttürme*. Ursprünglich waren nur Beiträge über Innsbruck vorgesehen, aber bald wurde der Plan gefasst, das Projekt um Städtebilder aus aller Welt zu erweitern. Daraus entstand dann der endgültige Titel *"Stadtlandschaften von Innsbruck bis Irkutsk"*, wobei nicht eine direkte Verbindungslinie zwischen diesen beiden Städten gezogen, sondern ein Bogen - von Tirol ausgehend - um den ganzen Globus geschlagen werden sollte. Für diese Anthologie lieferten über fünfzig Autorinnen und Autoren aus dem deutschsprachigen Raum Texte, die das zentrale Thema "Stadtlandschaften" unter verschiedensten Blickwinkeln einkreisen. Im Mittelpunkt steht sicher der Gedanke, den faszinierenden, aber auch bedrohlichen Auswirkungen städtischen Zusammenlebens schreibend auf die Spur zu kommen.

Stadtlandschaften - ein unerschöpfliches Feld: das Aufeinanderprallen von Natur und Kultur, verschiedener Lebensmodelle und Gesellschaftsstrukturen regt seit den Anfängen der urbanen Entwicklung bis in die Gegenwart zur philosophischen und künstlerischen Auseinandersetzung an. Positive Entwicklungen und negative Eindrücke als Visionen einer weltweiten Verstädterung erscheinen in vielgestaltigen Rhythmen und Aussagen: Sprache und Wirklichkeit, Gegenwart und Vergangenheit verschmelzen in eindringlichen Wortgebilden. Städte liefern den Rahmen für kuriose Geschichten, romantische Schilderungen werden von kritischen Fäden durchzogen und somit manchmal auch humorvoll und satirisch gebrochen.

Die Orthografie, wie von den Autorinnen und Autoren vorgegeben, wurde beibehalten, daher stehen alte und neue Rechtschreibung nebeneinander.
Der Turmbund dankt sämtlichen Mitwirkenden an dieser Anthologie sowie dem ehrenamtlichen Redaktionsstab und allen Mitgliedern, die uns mit ihrer Unterstützung begleiteten. Wir hoffen auf viele interessierte Leserinnen und Leser, die sich auf eine literarische Reise durch vielfältige Stadtlandschaften und Sprachwelten einlassen wollen.

Für die Redaktion:

Hugo Bonatti
Margit Jordan
Prof. Oswald Köberl
Peter Teyml

Für den Turmbund:

Roland Jordan
Präsident

Jutta Höpfel

Innsbruck '45 - Trümmer und andere Wunden

Weißt du noch, wie es damals schneite Anfang Mai? In diesen allerletzten Kriegstagen? Die Bäume waren schon so herrlich grün, sie kümmerten sich nicht um die Politik, nicht um Krieg und Frieden, sie grünten einfach drauflos. Der erste warme Frühling und die letzten Bomben, vor denen uns die Sirenen aufscheuchten und in den Keller trieben: ein Missklang. So unnatürlich, so absurd wie der Anblick der "Christbäume", die plötzlich im April vom Himmel gefallen waren. Über dem Inn schwebten sie langsam zu Tal, spät abends. Ein zauberhaftes Bild des Lichts im gewohnten Verdunkelungsdunkel, ein faszinierend schöner Anblick, doch tödlich, sich ihm hinzugeben. Denn gleich darauf dröhnten die Bomber heran ...
Der Krieg bestimmte unser Leben nun schon fünfeinhalb Jahre lang. Wann würde er zu Ende gehen, wann das Töten aufhören? Noch herrschte allerorten die Gewalt. Der Untergang des "Tausendjährigen Reiches" riss zuletzt noch Tausende mit in den Abgrund. Wir zitterten um unseren Vater, der sich irgendwo versteckt hielt, um nicht noch fünf Minuten vor zwölf ein sinnloses Opfer der Menschenhatz zu werden. Wann würde sich endlich diese Verkrampfung lösen, in der wir lebten, dieser Zustand aus Angst und Ohnmacht und immer wiederkehrender Beklemmung bei jedem Läuten an der Tür?

Dieser hoffnungsvolle, schwere Frühling 45. Wir saßen über der Landkarte und markierten mit Stecknadeln die Bewegungen an den Fronten in Ost und West. Die Russen kamen rasch voran, viel schneller als die Engländer und Amerikaner. Am 13. April war Wien gefallen. Die Rote Armee in Wiens Straßen, Häusern, Wohnungen. Wenn Vater mich nicht rechtzeitig abgeholt hätte aus dem Wiener Pensionat! Wie ein Wirbelsturm war er eingebrochen in die Höhere-Töchter-Sonntagnachmittags-Idylle, hatte die Mädchen aufgescheucht aus dem Salon, den Klavierdeckel energisch zugeklappt: "Geschwind packen, in zwei Stunden geht der letzte Zug!" Erst am Westbahnhof dämmerte mir, was da los war - in diesem entsetzlichen Gedränge, als ich Vater beinahe verloren hätte. Alles quoll über von Menschen, die alle in diesen Zug wollten, gerade dass wir meinen Koffer noch keuchend in den Waggon bugsieren konnten. Drinnen war es eiskalt und stockfinster, natürlich, wegen der Flieger. Die warfen ja oft Bomben auf Züge oder beschossen sie aus der Luft. Dabei schien die Fahrt ewig zu dauern, endlos stand man auf freier Strecke, um Militärzüge vorbeidonnern zu lassen. "Räder müssen rollen für den Sieg": So stand's vorne kreisrund und längst absurd auf den Lokomotiven ...

Ich war verstört, traurig, mein geliebtes Wien so abrupt zu verlassen. Wieder ein Abschied. Da waren doch schon so viele Abschiede gewesen - von Berlin, den Trümmern der zerstörten Kindheit, von lieben Menschen, Erwachsenen und Freundinnen, die plötzlich aus meinem Leben verschwunden waren, freiwillig die einen, die es gerade noch geschafft hatten "auszuwandern", wie man es damals nannte, unfreiwillig die anderen, die in irgendeiner Nacht "abgeholt" wurden. Abschiede von Schulen, Lehrern, von lieben Dingen, die man immer wieder irgendwo zurücklassen musste und die jetzt unter Bomben begraben lagen.

Und nun Innsbruck. Fast 24 Stunden hatten wir von Wien

hierher gebraucht. Der Zug hielt außerhalb des Bahnhofs, der von Bomben getroffen war und wüst aussah; wir mussten über die Geleise klettern. Vater schimpfte über den schweren Koffer, der voller Bücher steckte. Zum Anziehen war wenig drin, die "Reichskleiderkarte" sorgte dafür, dass Mode damals für Mädchen kein Thema war. Aber Bücher hatte ich in Wien mit meinem letzten Taschengeld immer noch gekauft, Opernlibretti, Theaterbücher, Kunstkarten beim Wolfrum, auf rauhem grauen Papier. Sie waren meine Schätze und mussten mit. Auf einem wackeligen Leiterwagen zogen wir den Koffer durch die staubigen Straßen. Ich sah viele Häuser in Trümmern, bis wir endlich unser "provisorisches Quartier" erreichten. So nannte Vater die von Bekannten "geborgte" Innsbrucker Wohnung, die für Jahre unser Heim werden sollte. Kaum hatten wir den Koffer die zwei Stiegen hinaufgeschleppt und die Mutter umarmt, heulten die Sirenen: Fliegeralarm. Also ab in den Luftschutzkeller. Vater blieb oben, er wollte nicht gesehen werden und verschwand sofort nach der Entwarnung. Mutter weinte und war kaum zu beruhigen. Der Arme, wo würde er sich endlich ausruhen können? Die Angst, sie könnten ihn zuletzt doch noch verhaften und ins KZ stecken, bereitete ihr schlaflose Nächte. Der lausige Krieg - wann war er endlich aus? Wo blieben die Amerikaner? Würden sie vor den Russen hier sein? Würde Gauleiter Hofer "die Alpenfestung bis zum letzten Blutstropfen verteidigen", wie man es noch in dicken Lettern lesen konnte? Würde Innsbruck noch zum Schlachtfeld werden? Lauter quälende Fragen, die uns unablässig beschäftigten.

Gottlob kam es nicht dazu. Schnee fiel auf die grünen Bäume, die Äste brachen unter der schweren weißen Last und lagen auf den Straßen. Die Kastanienbäume am

Rennweg, es sah erschreckend aus! Noch ein Reif in der Frühlingsnacht - dann waren sie da, die Amerikaner, die Befreier. Tränen flossen, als der zentnerschwere Stein der Angst mit einemmal von unseren Herzen fiel. Wen wundert's, dass wir sie umarmten, die uns erlösten. Wir waren frei, die Tyrannei hatte ihre Schrecken verloren. Wieder ruhig schlafen können, den Vater in unserer Mitte, wieder aufrechten Hauptes durch die Straßen gehen, an seinem Arm, froh, ohne Angst - war es nicht ein paradiesischer Zustand? Wir vergaßen fast, dass wir all unser Hab und Gut verloren hatten, materiell vor dem Nichts standen, ausgebombte Habenichtse in der Fremde. Das einzige, was wir besaßen, war die Hoffnung, die Zuversicht. Wir waren am Leben, die Familie vereint, und alles weitere würde sich finden. Nicht nur uns, auch vielen anderen war ja großes Leid widerfahren. Wie viele Menschen hatten bei Luftangriffen ihr Dach über dem Kopf und sogar ihr Leben verloren. Wilten war eine Ruinenlandschaft, und wir dachten an jene, die im Rathauskeller Schutz gesucht hatten und Opfer der tödlichen Sprengbombe geworden waren, die im Rathaushof detoniert war. Zahllose Familien trauerten um gefallene Ehemänner, Väter, Söhne, Brüder, ängstigten sich um Verwundete oder um Kriegsgefangene in der Fremde ...

Der Krieg ist aus, aber vom richtigen Frieden sind wir noch weit entfernt. Vor den Geschäften steht man Schlange für ein paar Kartoffeln, für einen Krautkopf, für Polenta, ein kleines Brot, etwas Milch, einen Sack Kohlen. Lebensmittelkarten gibt es immer noch wie im Krieg, nur bekommt man noch weniger auf seine Marken. Die Leute pilgern aufs Land, um bei den Bauern Schmuck gegen Butter und Eier einzutauschen. Doch wir haben keinen Schmuck, keine Pelze, keine alten Möbel, keine Tauschobjekte. Das Überleben wird schwieriger, die Schuhsohle immer dünner, das Kleid immer kürzer. Und der Magen knurrt.

An den Plakatwänden herrscht Gedränge, Ratlosigkeit, aufgeregtes Diskutieren um riesige weiße Anschläge der Besatzungsmacht. Was man alles nicht darf. Was man alles tun und beachten muss. Wer sich wo und wann zu melden hat. Ausgehverbot am Abend. Und in ihren Jeeps kurven die Amis um die Ecken, aus ihren Khaki-Uniformen, den perfekt gebügelten Hemden lachen weiße und schwarze Gesichter, Hände, die Kindern Zuckerln - Candies heißen die jetzt - zuwerfen. Auf dem Schwarzmarkt gibt es Cadbury-Schokolade und das neue Wunder Nylonstrümpfe. Aber viele Leute haben Probleme mit der Besatzungsmacht. Wer kann schon so gut Englisch, dass er Eingaben machen kann, Anträge, oder gar mit den "Amis" verhandeln? Da hat Vater, der Erfinderische, die Königsidee: Wir machen ein Übersetzungsbüro auf, Vater und ich. Eine alte Schreibmaschine findet sich, das Farbband blass und durchgeschrieben. Aber fürs erste reicht es, man kann drauf tippen. Bald haben wir alle Hände voll zu tun, die "Kunden" sind dankbar, dass man ihnen in ihren Anliegen auf Englisch helfen kann. Und die ersten Geldscheine flattern ins Haus; eigentlich ist es mehr Kleingeld, auf das der Verdienst beschränkt bleibt.

Unser Unternehmen weitet sich aus, Vater schickt mich ins Landhaus, wo man Dolmetscher und Übersetzer sucht. Unter den Fittichen von Frau Gruber, Gattin des späteren Außenministers, bin ich mit meinem Schul-Englisch tollkühn am Werk, trage in einem großen Saal zum vielstimmigen Schreibmaschinengeklapper bei, darf übersetzen und gelegentlich sogar dolmetschen. Der kaugummidurchsetzte Slang, den diese Amerikaner sprechen, klingt freilich anfangs wie chinesisch in meinen Ohren. Doch bald hab ich mich eingehört. Eines Tages werde ich zum Dolmetschen in ein Büro gerufen, wo ein baumlanger, zaundürrer Ami-Offizier mich nach vollbrachter "Amtshandlung" vom Fleck weg in sein neues "office" engagiert. Tomorrow morning nine o'clock. Adresse: Andreas-Hofer-Straße 4. Wenige Tage später, genau am 21. Juni 1945, erscheint dort unter US-Zensur die allererste Nummer der neu gegründeten Tiroler Tageszeitung, ein einziges Blatt, "newspaper published by the American Army for the Austrian people". Mein Chef hat sich entpuppt als Mr. James W. Williamson, Press and News Chief. Auf seinem Briefkopf prangt respektgebietend: Information Service Branch, US-Army, A.P.0. 887.

Meine Arbeit besteht unter anderem darin, englisch beschriftete Pressefotos amerikanischer Fotoreporter mit deutschen Texten zu versehen und die Bilder dann für das Schaufenster in der Andreas-Hofer-Straße zu arrangieren. Als ich zum erstenmal Bilder aus den Konzentrationslagern in die Hand bekomme, erlebe ich einen Schock, der mir lange nachgeht. Berge menschlicher Gerippe, wie sie aus den Gaskammern heraus geschaufelt und für die Verbrennungsöfen aufgeschichtet worden waren. Grauenvolle, unvorstellbare Bilder. Und ich muss an meine arme kleine Tante Sally denken, die sie noch mit 80 nach Theresienstadt geholt hatten. Ihren Bruder, meinen Großvater, hatte ein gnädiges Schicksal schon vorher von der Welt abberufen. Andere Fotos zeigen, wie überlebende, zum Skelett abgemagerte Häftlinge, kahl geschoren, kaum fähig, sich auf den Beinen zu halten, schwankend, mit weit aufgerissenen Augen ihre Befreier begrüßen. Was für Texte soll ich dazu schreiben? Gibt es Worte dafür? Kaum getrau ich mich, diese Bilder auf die Tafel zu heften, die dann ins Schaufenster gestellt werden soll. Was werden die Leute dazu sagen? Leider stellt sich bald heraus, dass manche Unbelehrbare die Fotos für Fälschungen halten. Den Amis entgeht meine Erschütterung nicht, sie laden mich auf einen "drink" ins Hellenstainer ein, in das Gasthaus nebenan. Es existiert schon lange nicht mehr, aber damals, als noch "Tiroler Tageszeitung" in dicken Lettern über unserem Schaufenster stand, war es für manche Kollegen ein zweites Zuhause.

Das Ami-Regnum dauert nur ein paar Wochen. Mr. Williamson räumt seinen Schreibtisch, und schon im Juli rückt die französische Besatzungsmacht in Tirol ein. Bye bye und bonjour! Die neuen Zeitungschefs heißen nun Gallifet und Bourgeois, Offizier der eine, ein homme de lettres der andere, beide gebildete, kultivierte Männer, Humanisten. Bourgeois gründet eine Literaturzeitschrift, Wort & Tat. Das Institut français d'Innsbruck in der Karl-Kapferer-Straße wird zum Treffpunkt der Intellektuellen, wir lernen Baudelaire, Malraux, Louis Aragon, André Gide kennen, die Maler der Ecole de Paris. Ich staune über die französischen Bücher, die man aufschneiden muss, bevor sie sich dem Leser öffnen. Es weht ein Hauch von geistigem Großstadtklima durch die Stadt - für die, die es wahrhaben wollen. Und bald gibt es auch wieder Kunst zu erleben. Hinter der klassizistischen Säulenfassade des Theaters wird schon geprobt; das Haus hat den Krieg glücklicherweise unversehrt überstanden und beginnt schon im Sommer '45 zu spielen. Zwar ist die als Kostüm- und Dekorationsfundus dienende "Dogana", des Baumeisters Gumpp prachtvoller Barockbau, nur noch eine Bombenruine, doch die mächtigen Arkaden haben standgehalten und stehen jetzt als majestätische Mahner da. Im Theater ist man erfinderisch und weiß zu improvisieren. Neben Hofmannsthals "Jedermann" und notdürftig ausgestatteten Operetten sieht man im Herbst als ersten englischen Autor Somerset Maugham und sein Stück "Die heilige Flamme". Man lernt den Emigranten Fritz Hochwälder kennnen, die Franzosen Jean-Paul Sartre, Jean Anouilh, Jean Giraudoux, den Angelsachsen John Boynton Priestley und den Angloamerikaner Thornton Wilder mit seiner "Kleinen Stadt". Unpathetische Stücke aus dem Alltagsleben, wie wir sie zuvor nicht kannten, als das Theater immer "hehr" und erhaben sein musste. Wie ausgehungert waren wir doch nach all dem Neuen, wie gierig haben wir das von außen kommende Gedankengut dieser Zeit aufgesaugt! Nach der geistigen Isolierung während der Nazizeit hatte uns zuletzt 1944 der "totale Krieg" (Goebbels hatte ihn in einem widerwärtigen Propagandaspektakel im Berliner Sportpalast unter brüllender Begeisterung des "Volkes" proklamiert) gänzlich von allem Kulturgeschehen abgeschnitten. Die Theater, soweit nicht ohnedies zerbombt, wurden zugesperrt, Künstler zum "Volkssturm" abkommandiert. Konzertsäle wie auch der Innsbrucker Stadtsaal lagen in Schutt und Asche.

Doch neues Leben blüht aus den Ruinen. Auf goldenen Stühlen dürfen wir wieder Musik hören, denn Innsbrucks Musikdirektor Weidlich veranstaltet die ersten Symphoniekonzerte im fürstlich opulenten Riesensaal der Hofburg. Soviel Pracht und Lichterglanz wirkt fast erschütternd nach dem langen Dunkel. Das Orchester ist ein ausgemergelter Haufen Musiker, aber sie haben weiß Gott wo Noten aufgetrieben und spielen mit Begeisterung. Die theresianischen Majestäten lächeln von den Wänden, als müsst's so sein, und die Zuhörer vergessen ihren Hunger für zwei Stunden. Plötzlich darf man wieder Mendelssohn hören, Mahler und die "Moderne", die eben noch als "entartete Kunst" gebrandmarkt war.

Ein unglaublich aufregendes Jahr, dieses 1945. Wir sind wieder Österreich. Keine Bomben mehr, kein politisches und geistiges "Im Gleichschritt marsch". Aus Demütigung und Todesangst gerettet die einen, die anderen unsanft aus ewig gestrigen Illusionen in eine neue Wirklichkeit katapultiert. Dazwischen jene, die nichts und niemanden verloren haben, die einigermaßen gleichgültig über einen "Regierungswechsel" hinweg zur Tagesordnung übergegangen sind. Aber am Pradler Friedhof erinnern Rosenbeete an die Innsbrucker Bombenopfer. Und in meinem Fotoalbum kleben, mit verfärbten Fotoecken befestigt, die Bilder der Trümmerlandschaft Berlin, die einst mein Zuhause war. Jetzt soll es Innsbruck sein, die künftige Heimat meiner Söhne.

(1945/2002)

Erna Holleis

Wär ich doch am Goldenen Dachl

Üppige Jahre für Federn in Öl
den Nahtoderlebnissen de Hala ad Salina

ad Juvavum romanische Tore verschweigen
das Schlachten Zeugen Gebären nie

marschieren sie auf gegen Straßen
schaffen Throne Totalen

Karl Lubomirski

Innsbrucker Westfriedhof

Zuerst kommt der Ehrenfriedhof
dann wieder Arkaden
dann der Urnenfriedhof
mit Springbrunn und Fischen
mein Spielplatz der Nachkriegszeit
dann kommt der Kleinbürgerfriedhof
dann Kindergräber
dann der Protestanten Acker
und am Ende, am Ende
kommen die toten Juden
die Proselyten
und jene
von denen nichts blieb
als ein Schleier am Himmel
und ein Lied

Karl Lubomirski

Mailand

Am Morgen wenn die Stadt noch schwarz ist
schwarz wie die Birken
treiben die lustigen Kinderschwärme
über die Gehsteige hin
wie grüne Triebe
schwarzer Birken

Rom

Dem Tode selbst bist du zu alt
nur Oleander
größer noch als anderswo im Süden
schirmt mit Duft und Blühen den Zerfall
Zypressen wie von Kaisern hingepflanzt
sinken tiefer in den Travertin
als wüßten sie noch mächtge Aquädukte
nur an der Oberfläche
kräuseln Busse - Touristen - Straßenbahnen
die Geschichte
und schweben - neuzeitlicher Müll -
den Blick in deine dunkle Schönheit wehrend

Aus: "Propyläen der Nacht." Gedichte 1960-2000.
Edition altelier, Wien 2000.

Georg Aichinger

Städte, Wörter und andere Knoten

Um 19 Uhr 38 hing ein "Ja" digitalisiert und in elektromagnetische Wellen übersetzt auf dem Weg zum nächsten Handymasten im Äther, und ein Kind, das mit seinen Eltern im Gastgarten einer Pizzeria saß, sah über dem Rand des zum Mund gehobenen Trinkglases eine an der gekräuselten Oberfläche treibende Plastikflasche und auf gleicher Höhe mitschwimmend einen saphirgrünen hellen Schimmer, der aus dem Wasser selbst zu kommen schien und sich vom Geflirre der reflektierten Straßenbeleuchtung deutlich abhob. *Zu Papier gebracht, stecken alle im Stau der Wörter.* Was nur der Erzähler wissen konnte, unter der leeren Flasche hing, mit einer Schnur an den Schwimmkörper angehängt, eine eingeschaltete wasserdichte Lampe. Zu erklären, wie und warum dieses Gespann gebildet wurde, fehlte dem Erzähler die Überzeugung. Der Gastgarten schloß, durch ein hüfthohes Gitter gesichert, direkt an den oberen Rand der Zyklopenmauer an, die das Flußbett rechts begrenzte und lag nahe der Brücke, die, früher Teil eines Fernhandelsweges, zwei historische Stadtteile verband.

Um 7 Uhr 51 querte ein Passagierflugzeug den Himmel über dem angelieferten Fritteusenfettkübel.
Es hängt aufgespießt wie in einer Insektensammlung im Satz und muß sich von den Nachbarn einiges sagen lassen. In der halben Stunde zwischen Frühstück und Abfahrt der Busse eilten Touristen auf die Brücke, um sich vor dem augenfälligsten Stück Natur der Stadt, dem gleich hinter dem Giebelzickzack der Häuser des linken Ufers in mehreren

Stufen, zuerst bebaut, bewaldet, dann in Almgrün und Felsengrau, aufgefalteten Meeresbodenkalk, zu fotografieren. Nicht daß es schwierig gewesen wäre, Grashalme in Asphaltklussen oder schillernde Fliegen auf Hundekot zu finden, doch hätten sich diese Naturstücke nicht geeignet, in einem Atemzug mit "mächtig, unhintergehbar, bezwungen, majestätisch, erschlossen, schlägt zurück, zerstört" gesprochen zu werden.
Hatten die Ablichter Glück, lag die Gebirgskette in einem klaren Morgenlicht. Anderntags suchten sie vergeblich nach dem gewußten Felsriegel. Sie fanden in den Hochnebel gehauchte Tiefseefische und chinesische Drachen. Oder die Schrammen der eigenen Hornhaut.

Um 9 Uhr 14 erwähnte eine Passantin, die ihren Zug um 9 Uhr 35 nicht versäumen wollte, über dem Logo der Erzeugerfirma ihres T-Shirts auf der Brust jenen Platz, der außerhalb des mittelalterlichen Kerns, in der ehemaligen Neustadt, auf halbem Weg zwischen Hauptstraße und Bahnhof lag.
Als würden feinstoffliche Teile fernübertragen, wächst auf der Brücke ein Brunnen. Im Zentrum des Platzes stand über muschelförmigen Schalen, wasserspeienden Fabeltieren und auf einer sechseckigen Marmorsäule die Bronzeskulptur eines Herrschers. Alles im Blickfeld. Die ideale Erzählposition.
"Und dann schlug ich Otto, und dann bastelte ich an unserer Hausmacht, und dann erließ ich die Demokratie, und dann reformierte ich den Sozialstaat, und dann war ich kreativ und innovativ, und dann kreierte ich ein Netzwerk, und dann ..."
"Davon war nie die Rede", empörte sich in seiner Hirnschale der nanotechnologisch belauschte Besucher auf der Bank in der vom Autoverkehr umkreisten kleinen Grünanlage, "alle

sagten: Weiße Mäuse! Weiße Mäuse?"
Er horchte in sich und hatte den Eindruck, die Bande zwischen der Welt des Sagbaren und den Dingen wäre gekappt und das Funkeln über ihm stammte von den davongeflogenen Wörtern und nicht von den im Gegenlicht glitzernden Wasserschnüren des Brunnens. Der aufgescheuchte Taubenschwarm ließ zwei weiße Augenklappen im patinagrünen Gesicht der Herrscherstatue zurück.

Um 9 Uhr 17 druckte sich eine Kundin ihren Kontoauszug im Foyer der Bank aus, die im Westen an den Platz grenzte. Auf dem Zettel eine Geldbehebung von vor zwei Tagen um 21 Uhr 59 in einem Ort südlich der Stadt.
Auch wenn wir uns in der Vergangenheit bewegen, läuft die Uhr der Erzählung vorwärts. Bei der Rückfahrt über die Autobahn versprach sie ihrem Beifahrer den schönsten Blick auf die Stadt. Der in einen Finger ausgebeulte Lichtsack zitterte ihnen voran. Zu zweit im Nachttauchboot. Im Blechfruchtsack. Sie bog Richtung Westausfahrt ab und zog in einer leichten Linkskurve in die Tunnelröhre. Bis zum Mittelpunkt der Erde. Oder zur Mutter der Tiere.
"Jetzt", schrie sie und schaltete die Scheinwerfer aus. Die Straße neigte sich talwärts. Vorne der sich dehnende Querschnitt des Ausfahrtportals mit den Lichtern der nächtlichen Stadt. Sie fuhren mitten hinein in den ebenerdigen Sternenhimmel. Als spuckte sie ein Weltraumbahnhof in eine unbekannte Galaxie.

Um 12 Uhr 01 versprach ein Regionalpolitiker bei sinkenden Aktienkursen, daß er es denen in Brüssel schon zeigen werde und begann ein Angestellter des nicht unbedeutenden Dienstleistungsunternehmens am Südrand des Platzes seine Mittagspause.

Mit der Benennung steht die ganze Gattung offen, Beigefügtes versperrt Türen und öffnet andere.
Er ging eine Straße weiter. Etwas nach hinten versetzt eine Kaaba. Ein mächtiger mattschwarzer Kubus. Gehäuse eines Transformators, der den Starkstrom aus den Überlandleitungen auf Endverbraucherniveau wandelte. Er spürte einen leichten Schwindel. Hatte noch keinen Kaffee getrunken.
Der Angestellte wandelte Lebenszeit in Kaufkraft. Und diese in Versprechen. Er könnte einen Quellenkataster über den Stadtplan legen. Hier das Reisebüro, dort Obst und Gemüse, die Vinothek, drüben das Gasthaus für die Dienstagrunde, nebenan die Lobhudelei, am Stadtrand das Spiegelbild, undsoweiter. Löschte er den Stadtplan, blieb ein Musterregal, ein Persönlichkeitsprofil.
In der Umgebung wurden mehrere Dachböden ausgebaut. Wie ein Dorf auf der Dachlandschaft. Rustikal bis futuristisch.

Um 17 Uhr 26 verließ der letzte elektronische Befehl des Tages das Haus des Dienstleisters. Verlängerte man die Linie Schreibtisch - Fritteusenfettkübel, traf man auf eine geschlossene Jalousie. Dahinter im Dämmerlicht saß sie am Eßtisch und umfaßte mit beiden Händen eine Kaffeeschale.
Liegt es auf der Zunge, wird es nicht gewußt, aber so gut gekannt, daß alle anderen Wörter ausgeschlossen werden können. Sie erinnerte sich, Hauswände und Pflastersteine mit Spraydosen beschrieben zu haben. Die Wörter mochten sie nicht mehr. Sie hatte herausgefunden, wie haltlos sie waren. Und daß man mit dem Nachdenken nie fertig wurde. Und daß die meisten nicht mehr wert waren als das Imponiergehabe mancher Tiere im Zoo.
Sie wird die Wände ihres Zimmers beschreiben. Den Wörtern festen Grund geben. Schriftzug für Schriftzug. Vor

dem Spiegel wird sie lernen, die Sätze auf ihrer Haut fortzuführen. Daß den Wörtern Nasen, Augen, Haare, Brustwarzen, Zehen, etc. wachsen.

Um 19 Uhr 37 passierte auf der Autobahn ein LKW auf dem Weg von Tiraspol nach Perpignan den Ort. Eine im internationalen Vergleich schmale, nach lokalen Maßstäben mittlere Metropole. Ein Fluß querte die Stadt. Namen der Vergangenheit um Straßen zu benennen und Figuren aufzustellen. Der Himmel wölbte sich von Bergkamm zu Bergkamm. Sein Abendblau war anders als in der Ebene.
Das Wort sitzt fest im Satzgefüge und wird von den Erinnerungen fortgespült.

Barbara Hundegger

innsbruck anno neun: ziehen vielleicht mitten im
winter trotz mercedesschwerer liftbügel bäurinnen
aus dem oberland und breite senninnen mit selten
gewordenen tieren und letzten kindern zu fuß auf
die stadt zu winken die einen im o-dorf schwestern
aus ihren küchenhochzellen herunter die andern
gastarbeitinnen aus völs heraus kommen von zwei
seiten über haller straße und südring während die
starklungigen wipptalinnen von der brennerstraße
auf die altstadt gehen unter dem getöse von
kuhglocken lachend wie straßen breit und in
festen schuhen: langen sich den herwig den
alois den hans wie sie heißen aus landhaus
gasthaus haus hängen den einen kopfüber
vom stadtturm den andern verschnürt in die
joppe eines transitfernen schützen vielleicht
am annatag unter missachtung verschiedener
schilder von der gleichnamigen säule herab
verteilen leichte zettel aus schriften an
frauen von hand: auf euch autonome
konnten wir nicht mehr warten

Barbara Hundegger

die am inn ihr leben ließen klirrten
in kälte bebten im föhn die bei uns
die irren hießen und die tölpel
dachten schön die vorm berg
von häusern sprangen fraßen
ziffern tranken brot träumten
adler schatten schlangen folgten
nächtens ihrem tod die im wald
ein messer luden zählten geier
sprachen blut helle fallen sie
vertrugen fragen nicht die halbe glut

Aus: "und in den schwestern schlafen vergessene dinge"
wieser verlag, klagenfurt 1998
zyklus "innsbruck lassen"

c.h. huber

weiszer wind auf der innbrücke er beiszt rote wangen doch sein grün schleppt der flusz nachwievor durch die stadt dem der jetzt kein liebchen hat dem nützt auch kein waltherpark mehr wo hülsen der liebe unter büschen verrotten am platzl dann der brunnen in holz ist er verpackt die menschen in den häusern schon hinter dunkle scheiben und auch beim griechen verlöschen lichter ich musz es kapieren der winter ist da ihn halten weder wein noch schafskäse auf heute stinkt sie die nikolausgasse nach harn und sie knirscht in den stöckelzangen der schritte bald dann aber der helle während das bäckerbühelpflaster absätze mordet hängt er trotz des gestöbers zackig droben vorm turm schnaufend und schneuzend endlich im ried der salzige fallbach geheim wie der echte

heimwärts

c.h. huber

ein wetter zum kindermachen hätte mancher gesagt aufgeregt flattern die raben und das lachen der frauen verführt mit dem duft und dem glanz ihrer haut um die wette praller gefüllt als an anderen tagen die lätze der männer auch der schüchternste wagt einen flirt hastig prüft er den bizeps indem er sich streckt bis die rote in seinem visier lasziv ihre haare betastet schön dasz der sommer der abend der föhn immer noch zukunft bewirken

hofgarten innsbruck

Oswald Köberl

Nach Berlin kommen - aus Tirol

Anknüpfen an etwas Entferntes - das ist wie ein gewichtloser, schimmernder Seidenfaden. Die Nähe schmiedet oft aus demselben Material eine lastende Kette. Natürlich kann man auch Nahes lieb behalten, aber die Sehnsucht, die Sucht, mit der man sich nach dem Sehen sehnt, ist ein Geschenk der Entfernung. So fühlt man sich mit Berlin verknüpft, wenn man einmal hier war, so kommt man wieder. Mit Wien, obwohl das für uns Tiroler nicht um sehr Bedeutendes näher liegt, verhält es sich anders. Der Charme der österreichischen Hauptstadt ist für uns verdunkelt durch unsere fast schon neurotische Abneigung gegen alles zentral Geregelte, und dabei kommt uns die Härte unserer Querköpfe zugute, die wir gegenseitig in einem immerwährenden Sparring trainieren.

Nur sieben böse Jahre lang ging für uns einmal das zentrale Diktat von der Stadt an der Spree aus. Tiroler Gauleiter war damals ein gewisser Hofer, der sich nicht nur in seinem Vornamen von unserem beliebten Freiheitshelden Andreas unterschied. Als der Fronleichnamstag heranrückte, das frühsommerliche Fest, an dem man im Freien Altäre aufstellte, alle Fenster mit Blumen und brennenden Kerzen schmückte und ein feierlicher Zug den goldenen Baldachin mit dem Altarsakrament durch die Straßen begleitete, sahen die Machthaber darin sicher mehr als einen harmlosen Brauch. Hofer ließ wissen, in Berlin wünsche man keine Prozessionen. Der Pfarrherr des alten Prämonstratenserstiftes Wilten antwortete ihm: "Wir haben die Fronleichnamsprozession schon zu einer Zeit abgehalten, als Berlin noch ein Fischerdorf war." - Das Stift Wilten besteht tatsächlich seit der Mitte des sechsten Jahrhunderts, während Berlin erst siebenhundert Jahre später zur Stadt erhoben wurde. Leider weiß ich nicht, ob der Gauleiter für solche Argumente zugänglich war. Ich glaube nicht. Der Einwand von Historikern, Fronleichnamsprozessionen gebe es erst seit dem vierzehnten Jahrhundert, dürfte dabei freilich keine Rolle gespielt haben.

Die bösen Jahre sind in Tirol längst den Inn hinabgeflossen, an der Spree sah es bei meinen ersten Besuchen anders aus. Damals betrachtete ich es als einen kleinen Trost, Symbole wörtlich zu nehmen, zu denken, daß dieses Herz Deutschlands unserem menschlichen Herzen noch ähnlicher geworden war, weil ein Herz eben zweigeteilt ist. In allem glaubte ich das Urgesetz der Polarität zu spüren, das dem chinesischen Yin und Yang zugrundeliegt, das Faktum, daß entgegengesetzt scheinende Kräfte sich als Motor der Ganzheit erweisen. Vielleicht war das ein Geheimnis Berlins: Wir empfanden die Hoffnung, die von dem isolierten Schicksal dieser Stadt ausging, als etwas ungeheuer Schöpferisches, und nach der ersehnten Wiedervereinigung mußte man beinahe die Ernüchterung fürchten. Sie kam ja tatsächlich, diese Ernüchterung. Doch die positiven Perspektiven überwiegen natürlich bei weitem, eine gewaltige Aufbruchsstimmung hat die ganze Stadt erfaßt, seit sie endlich auch politisch wieder zum Zentrum Deutschlands wurde. Schon in der bösen alten Zeit bezauberte mich ein Film über Berlin, eine moderne Legende von Engeln, die hier das Leben so farbig sehen, daß sie auf ihre Flügel verzichten, um unter diesen Menschen ein menschliches Dasein zu führen. Und diese Legende hat ihre Gültigkeit behalten, sie wird immer wieder real und nachvollziehbar für den, der aus dem Himmel über Berlin herabschwebt und die Flügel der Technik in Tegel zurückläßt, um wieder einmal die Berliner Luft zu spüren, auch im wörtlichen Sinn ...

Diese Luft: Aus ihr atmet nicht nur die Operette verzückte Seligkeit, auch die Sängerinnen und Sänger sind von ihr begeistert, weil sie schmeichelnd und gesund ist für kostbare Stimmen. Das Seengebiet ist ja nahe, und es gibt wohl kaum eine andere Großstadt mit soviel Natur und Erholung in ihrer Mitte. Kann ein Tiroler, den die Wucht der Gebirge verwöhnt, tatsächlich davon schwärmen? Er kann.

Während meiner kurzen Berlinaufenthalte haben sich sogar schon Gewohnheiten gebildet - oder nein, ich sollte besser sagen: da ist eine Verliebtheit, die nach Wiedersehen drängt. Wenn ich erst einmal den Kurfürstendamm begrüßt habe mit seinem großstädtischen Glanz und der kleinbürgerlichen Gemütlichkeit versteckter Lokale, wenn ich die Theaterzettel mit den berühmten Namen studiert habe, dann lockt mich Dahlem mit seiner offenen Landschaft und seinen unglaublichen Museen, ich möchte wieder staunen vor der barocken Silhouette des Schlosses Charlottenburg und durch den unendlichen Park spazieren. Nach alledem ein kurzer Gedanke an die Füße, die zu schmerzen beginnen, und ein Blick auf die Uhr: ich muß doch noch Zeit finden für einen Rundgang im Zoo ... und dann sollte ich ... und schließlich müßte ich ... und ob es das noch gibt ...? Was mir da alles einfällt: hier war der Flohmarkt in den ausgedienten U-Bahn-Wagen, und unweit davon steht jenes Kaufhaus, an dem kein Gourmet vorbeikommt, weil da wie sonst nirgendwo Köstlichkeiten aus aller Welt zu einem wahren Museum der Gaumenfreuden versammelt sind ... Die Aufzählung verliert sich in einzelnen

Splittern einer unerfaßbaren Vielfalt.

Wenn es Abend wird, treten die Umrisse des Taggesichtes hinter bunten Lichtfiguren und Spiegelungen zurück. Das Nachtgesicht der Stadt - farbige Reflexe in den Augen und im Lächeln der Menschen, die mir begegnen. Lockung, Geheimnis und Traum. Da ist ein Gesicht, das du streicheln möchtest, um zu wissen: ich bin wirklich angekommen. Aber der Koffer im Hotelzimmer wartet.

Peter Teyml

Karwoche in Innsbruck
(nicht unlyrische Prosaskizze)

Sie war klein, blond, zerbrechlich,
wirkte aber gar nicht hilflos,
nein, gar nicht.
Sie betrat das Café mit Schwung.
Das Wetter ließ allerdings
keinen Überschwang zu, auch nicht beim Dichter.
Der Blick endete über den Dächern
der Hofburg - die sonst schmerzhaft
strahlenden Schneefelder der Nordkette
hüllten sich in Nebel. Vielleicht oberhell, wie man hier sagt.
Ein großer Dicker mit Schnauz folgte ihr.
Der Begleiter?
Aaah - Erleichterung, gehört nicht zu ihr.
Hätte mich auch arg enttäuscht.
Ihr Wiedererkennen mit der Kellnerin,
der großbrüstigen.
Jaaa, 2 Jahre in Wien gewesen (Puff oder Uni?),
jetzt zu Ostern wieder in Tirol.
Da, aufgeregt eine Frau in schwarzen Shorts -
Die Schwester, die Freundin, die Schwägerin?

Peter Teyml

Das Kleine dabei - so Jahre zwei.
Nein - wohl erst ein - also kein Reim.
Das Fläschchen für ES, Memphis light für SIE,
ein Rauchopfer zu zweit: le sacre du printemps,
ein Osterfeuer en miniature
und das Ei am Tisch aufgeschlagen.
Hart ist es, hart,
wir sind wieder in Innsbruck.

Heidi Knapp

Im Dom von Sankt Jakob
wartet der Ritter.
Unter dem Hundsstern
Gesichtslosigkeit.
Immer noch
hält Frau Hitt einen Stein.
Sieben Brücken
schwören Verbindung
ohne Gewähr.
Immer noch
wartet der Ritter
im Dom von Sankt Jakob.

Auf Ambras
prüfen strenge Gesichter
Treue und Eignung
der Erben.
Erzählen
in Bildern
und Schätzen
von ihren Taten.
Von Torquemada
erzählen sie
nicht.

Aus: "Stunden geliehenen Glücks." Gedichte.
Edition Tirol, St. Gertraudi 1999

Elisabeth Ebenberger

Stadtbild Graz
Fuchsien am Fenster

Ich? Ich doch nicht! Sie schüttelt den Kopf. Aber da steht es schwarz auf weiß und *eingeschrieben*, mit ihrer Unterschrift, und alles stimmt, vor diesem komischen Doppelvornamen Ida-Marie bis zur Dreihackengasse Stiege 2 und Haustürnummer 14 im 3. Stock. Nach Ida-Marie steht ihr Mädchenname, den sie ihrer Unterschrift mit einem Bindestrich hinzugefügt hat, um dem Briefträger oder sich selber spätere Komplikationen zu ersparen, und weil ihr ein sechster Sinn eingab, das könnte einmal von Wichtigkeit sein.

Betreff: Ihre Bewerbung zu unserem Foto-Preisausschreiben - Ihr Bild *Fuchsien am Fenster*. Natürlich, wenn man in dieser Gegend und im dritten Stock wohnt, hat man Fuchsien nur am Fenster. Nicht im Garten. Nicht auf einer Terrasse. In ihrem Fall nicht einmal auf einem Balkon, weil die kleine Garçonniere nur zwei nach Norden gerichtete Fenster hat, aber Fuchsien sind genügsam und gedeihen gerade an Nordfenstern besonders gut. Diese Sorte in rot-blau, mit den gefüllten Röckchen und den geschwungenen Deckblättern ist eine Spezialzüchtung - Ableger aus einer ehemaligen steirischen Gartenausstellung - , auf die die Mutter immer besonders stolz war, und die nun in sentimental kindlicher Dankbarkeit weiterhin auf dem Fensterbrett gehegt und gegossen wird, und es war Ida-Marie recht, der Mutter im Altersheim stets vom guten Gedeihen der Fuchsien berichten zu können, was immerhin überhaupt ein Gesprächsstoff bei den Pflichtbesuchen war, und noch dazu einer, bei dem nicht geheuchelt werden mußte.

Sie wählte üblicherweise den Weg durch das Fußgängerzentrum in der Altstadt, wo es von Grazern und Touristen wimmelte, über den etwas ruhigeren Platz der Menschenrechte, durch die endlos lange Glacisstraße und das Universitätsgelände, in der Hoffnung auf ein wenig jugendlichen Schwung nach dem langweiligen Bürotrott. Die Mozartgasse nach links war an sich ein kleiner Umweg, aber häufig war aus dem Meerscheinschlößchen Instrumentalmusik herauszuhören von Studenten, die für Konzerte übten. Graz zerfällt in den lebendigen pastellfarbigen Teil diesseits der Mur, findet Ida-Marie, und den jenseitigen, den grauen langweiligen, ihren Heimatbezirk.

Nie kam direktes Sonnenlicht an ihre Nordfenster. Erst nach 18 Uhr streifte das Abendlicht an der Hausfassade entlang, ein helles Gleißen bildete den Hintergrund für die Fuchsienstöcke. Die Großaufnahme von einer sich rot-blau öffnenden Knospe war ein wirkliches Meisterfoto geworden. Eine Kopie des Bildes hängt im Aufenthaltsraum des Altersheimes und gibt der Mutter Gelegenheit, wenigstens in diesem Blickwinkel stolz auf ihre Tochter zu sein.

Ida-Marie hat das Foto zum Wettbewerb des "Funny-Foto-Konzerns" eingereicht. Es ist ein Meisterfoto, das weiß sie. Nicht erst seit dem Lob aus dem Altersheim. Sie, die sonst an allem und an sich selbst am meisten zweifelt, war über ihre eigene Sicherheit nicht einmal überrascht. Fuchsien können nicht schöner fotografiert werden. Tatsache. Der Hauptpreis in der Sparte "Blumenfotografie" sollte ihr so gut wie sicher sein.
Es ist durchaus verständlich, daß man sich in einer derart

euphorischen Ausnahmestimmung an einem Wettbewerb beteiligen will. Muß. Unbedingt. Und es auch tut. Obwohl man natürlich das Kleingedruckte gelesen hat und es aus dem Hinterkopf nicht mehr ganz verdrängen kann: *MitarbeiterInnen von FUNNY-FOTO sind von der Teilnahme am Wettbewerb ausgeschlossen.* Ida-Marie sitzt im Lohnverrechnungsbüro des FUNNY-FOTO-Konzerns.

Ida-Maries Alltag schleppt sich ohne Glanzlichter dahin, halbmatt vor dem Bildschirm der Lohnverrechnungsabteilung im FUNNY-FOTO- Konzern, mit gelegentlichem, undefinierbarem, im Hinterkopf pochendem Unbehagen.
Einen Heimweg vom Büro unterbricht sie in der Stadtpfarrkirche vor Tintorettos Mariä-Himmelfahrts-Gemälde am Johann-Nepomuk-Altar, nicht aus purer Frömmigkeit, nicht zur Gewissenserforschung, und schon gar nicht, um zur Ruhe zu kommen, sondern nur, um im stillen Halbdunkel die inbrünstig gemurmelten Sätze loszuwerden: Hilf mir! Laß alles gut ausgehen! Laß mich einmal einen Preis gewinnen! Und es wäre ihr wohler, klänge da nicht ein gewisser verschwörerischer Unterton mit.

Andreas-Hofer-Platz. Tegetthoff-Brücke. Oder am Justizpalast vorbei über die Radetzkybrücke. Sie läuft an Geschichte vorbei, der sie früher keinen Gedanken gewidmet hat. Helden, Kämpfe, Gerechtigkeit. Am Lendkai sitzen die Bettler, Ida-Marie schenkt einem davon eine Euromünze, es soll Glück bringen.

Beim Heimkommen war die Sonne bereits untergegangen. Die Hausfassade lag im Dunkel, und die Fuchsien waren schwarze Schemen vor einem düsteren Hintergrund. Sie hatte seit Tagen vergessen, die Fuchsien zu gießen. Von verdorrten, verstaubten, verlausten Pflanzen werden sich keine Ableger schneiden lassen; die buntberockte, seltene Sorte wird aussterben und die Mutter wird zu Tod' beleidigt sein.

Die Gewinnbenachrichtigung, etwa ein halbes Jahr später, ist dann ein Schock.
Sie - hat Glück?
Sie - hat gewonnen??
Sie soll den ersten Preis bekommen für die Fuchsien am Fenster???

Sie wird den Preis nicht annehmen können! Konfusion! Blanke Angst! Panikattacke!
Sie, eine Mitarbeiterin des FUNNY-FOTO-Konzerns! Betrugsabsicht! Vorsätzlich mit List! Und dem Briefträger den RSB-Brief unterschrieben, mit Bindestrich und Doppelschwindel! Die Überreichung des Preises wird auf einer Bühne vonstatten gehen, im Palais Attems vielleicht, wo immer die städtischen Ehrungen stattfinden. Sie wird im Scheinwerferlicht stehen. Rot anlaufen. Fuchsien-Rot. Ohnmächtig werden. Umfallen. Aber nicht einem Rettungsmann, nein, der Polizei in die Arme: Betrug! Untersuchungshaft. Strafe zahlen. Oder auf Bewährung. Arbeitsplatz verlieren. Und diese Blamage. In der Zeitung wird es stehen, alles, alles.

Schweißgebadet wälzt sich Ida-Marie. Die borstigen Fuchsien nicken tieftraurig vor dem Morgengrauen am Fenster. Sie springt auf. Duscht kalt. Sie wird in die PR-Abteilung gehen und den Preis ablehnen. Aus der Traum. Mit zittrigen Fingern hält sie die Kaffeetasse, blättert die Seiten der Gewerkschafts-Zeitung um. Auf der Kulturseite wird das Ergebnis des FUNNY-FOTO-Wettbewerbes mitgeteilt. Mit vollem Mädchennamen. Adresse. Bildtitel. Erster Preis für die Fuchsien am Fenster von Ida-Marie Sch.., Dreihackengasse, dritter Stock Tür 14.

Der Weg in die PR-Abteilung kommt zu spät.
Der Weg in die Kirche, die letzte Möglichkeit.
Schuldbewußtsein prasselt in weisen Lehren auf sie herab, pflastert ihren Weg: *Lügen haben kurze Beine. Ehrlich währt am längsten. Unrecht gedeihet nicht.* Not lehrt beten. Aber hier wäre ein größeres Wunder nötig.

Und was dann, wenn sie sich einfach dickhäutig gäbe und den Preis stolz in Empfang nähme? Im Prunksaal des Palais Attems! Kopf hoch mit Strahlen und Freude, Nelkenstrauß und Scheck, Blitzlichtgewitter und Pressefoto? Die 3000 Euro möglichst schnell ausgäbe, damit man sie ihr nicht mehr wegnehmen kann? Könnte sie nicht Vorwürfe und Beschuldigungen an sich abprallen lassen und sich stattdessen eine noch bessere Kamera gönnen? Noch bessere Fotos machen? Noch mehr Preise gewinnen? Selbstbewußt den Kopf, frisch vom Frisör, und die Nase hoch tragen, Namen sind Schall und Rauch, und wen geht es was an, wo sie ihr Geld verdient?

Ach Mädchen, woher sollst *du*, ausgerechnet du, plötzlich das dicke Fell haben?
Da prasselt die Wirklichkeit schon wieder auf Ida-Marie herab, wie mit Hagelkörnern, kleine Dellen hinterlassend. Die Mutter im Altersheim, die die Leere der Tage durch besonders aufmerksames Zeitunglesen füllt, überfällt Ida-Marie sofort mit ihrer Entdeckung: ein Preis? Du? Mit diesem Fuchsien-Bild? Einen Preis dafür? Und soo viel Geld! Was wirst du denn mit dem vielen Geld tun, Kind?

Fragezeichen krümmen sich um Satzgegenstand und Aussage, Hagelkörner und Dellen für die ganze gebeugte Person.

Sie meldet sich im Büro krank. Unstillbares Erbrechen, sie muß dazu nicht heucheln. Nachts liegt sie wach, hört die Tramwagen der Linien 1, 3 und 14 an der Kreuzung vor dem Roseggerhaus anhalten, quietschend weiterfahren, hört die Taxis und Autorowdies durch die Annenstraße brausen, hört die Betrunkenen aus den Beiseln heimgrölen. Schwarz sind ihr die Nächte, laut und endlos. Sie öffnet nicht, wenn es an der Tür klingelt. Tagelang nicht. Erst nach einer Woche huscht sie drei Stockwerke tief zum Briefkasten, trägt schwer das Kuvert in ihre Wohnung.

Sehr geehrte Frau Ida-Marie Sch., liest sie. Wir möchten Sie auf diesem Weg von Ihrem Gewinn (Reisegutschein) in der Höhe von .... Euro 3.000.-- verständigen.
Ein Foto von der feierlichen Überreichung, bei der Sie leider nicht anwesend waren, liegt bei.
Mit herzlichen Glückwünschen,   FUNNY FOTO.
PS.: Die Reisegutscheine können unter Vorlage des Reisepasses in unserer PR-Abteilung abgeholt werden.

Tiefe Seufzer pumpen Ida-Marie leer. Der Krankenstand ist zu Ende. Erschöpft blickt sie auf den Brief in ihren schweißnassen Händen, blickt verloren zum grauen Himmel vor ihrem Fenster, aus dem es in patzigen Flocken schneit. Sie wird sich warm anziehen müssen für den langen Weg ins Altersheim. Ihr Blick bleibt hängen an den verstaubten, verdorrten Stengeln der Fuchsien, die sich anklagend aus dem trockenen Blumentopf recken.
Aber! -

Da ist doch tatsächlich an einigen Abzweigungen ein grünes Pünktchen, eine Knospe, ein Keim! Ein Hoffnungstrieb - sie wird nicht aussterben, diese seltene Gattung!
Ida-Marie beginnt zu lächeln, sie kichert, lacht, sie läuft, braust ab, wirbelt Staub auf. Fort mit Blattläusen, Spinnen und Grillen! Diese Fuchsien am Fenster!
Sie keimen, sie treiben, sie werden bald wieder rote Röckchen tragen!
Sie muß sich schneuzen, und sie nimmt den Rest der Papiertaschentücherpackung in ihrer Manteltasche mit.
Und den Reisepaß.
Sie läuft die lange Annengasse hinunter, schneller als die gelbgrüne Straßenbahn, sie überquert in Wechselschritten den Südtirolerplatz und hüpft auf der Hauptbrücke über die Mur, sie findet den Franziskanerplatz mit seinen Barockfassaden schöner, heller, prächtiger als jemals zuvor, würde am liebsten tanzen über den Hauptplatz, vor dem Landhaus und durch das städtische Zeughaus, das größte, schönste, besterhaltene Zeughaus der Welt in der schönsten, buntesten, humansten Stadt aller Städte! Über den Tummelplatz will sie rennen und zum Uhrturm mit seinen verdrehten Zeigern hinauf, um hoch oben vom Schlossberg her ihre Stadt zu umarmen, ihre Stadt, die sie liebt, wieder und immer lieben wird, diesseits und jenseits der braunen Mur bis hin zum Rosenhaingarten mit dem Pensionistenheim.

Nur für eine kurze Weile - denn das PR-Büro schließt um 16 Uhr - wird sie sich in der Pfarrkirche "Zum Heiligen Blut" still in eine Bank vor das Mariä-Himmelfahrts-Bild setzen.
Mit heißem Kopf und feuchtem Glanz in den Augen.
Mit Hitze und Frösteln im Körper von einem beginnenden Schnupfen.
Mit einem Stoßseufzer aus reinem Herzen.

Denn an sich ist Ida-Marie eine grundehrliche Person.
Und vielleicht läßt sich der Rest des Wunders ja dort auch noch ...

... verschwörerisch ...

... ermurmeln ...

Fritz Huber

aus bottichen
der randklüfte
treibt der morgen
übernächtig
gegen die feuerleitern

eine kreidemauer
spiegelt sein gähnen
schwerelos
die augen ohne alter

rolläden
proben den kopfstand
pappbecher
den ersten
der fünf tibeter
daumenkuppen
vor der brust gefaltet

plastikschatten
mit höhenangst
kippen
in die sprungtücher

Fritz Huber

biennale

zwei finger an die krempe
nicht einmal
einen fingerhut lüpfen
wenn der folgeton
den schlaf durchtrennt
das blaulicht aus der
wasserhaut auftaucht

ein narbiges gefühl
über die rote ampel
zu kreuzen
den betonmischer im bauch
das flugticket im kopf
auch für den körpergeruch
trägst du verantwortung

schon morgen fragst du
lief der streifen
hüben oder drüben

Hugo Bonatti

Irrlichter

Was ihn, B., so spät noch - die Mitternacht längst vorüber - auf die Straße trieb, hätte er vielleicht nicht eindeutig zu sagen gewußt; es waren offenbar innere Zwänge (oder doch nicht?), die ihn - bereits zu Bett gegangen - nochmals aufstehen und sich ankleiden... (warum nur, warum?!), die sechs Treppen vom 3. Stock des Hotels hinuntergehen ließen - den Lift zu benützen, kam ihm seltsamerweise nicht in den Sinn - und auf den grell ausgeleuchteten Boulevard zu treten, welcher radikal in das Stadtzentrum vorstieß: eine der großen Geschäftsstraßen, die aus tausend Schaufenstern dem Passanten eine unübersehbare Fülle von Waren ins Gehirn spiegelte..., und die Dinge waren wie Sperr-Riegel, welche den Schritt hemmten.

Während B. nun, von Strahlern, Spots und dem schattenlosen Licht der Leuchtstoffröhren begleitet, die Richtung City nahm (wozu nur, wozu?!), verwandelte sich plötzlich alles...: Die Straße begann, sich muldenartig einzusenken..., die Häuser, eben noch im rechten Winkel zur Straßenfläche stehend, wölbten sich mit, bis die Giebellinien einander berührten und sich schlossen... So zur riesigen Röhre geworden, verlor der Boulevard mehr und mehr seinen Sinn; denn auch die Gerade, das radial Gemeinte, änderte sich, nahm die Form schlauchartiger Windungen an..., streckte sich wieder... Es war, als atmete die Stadt!

Die Fenster der Häuser, auch die großen Auslagen, hatten die Wölbungen mitvollzogen und wirkten jetzt wie Konkavspiegel, zeigten die Dinge - verspätete Autos, Bushaltestellen, Litfaßsäulen und Alleebäume - bald vergrößert,

bald verkleinert und erweckten den Eindruck, die Straßenröhre entlang zu fließen ... Die Peitschen- und Spannlampen, unscharf reflektiert, waren bläulich-weiße Lichtflächen, welche gleichfalls Richtung Innenstadt abflossen… Dann kam seltsam arhythmische Pendelbewegung in das ganze, und B. pendelte mit…, fand sich bald am (ebenfalls gewölbten) Gehsteig, dann wieder, wie von Magneten gehalten, an den Häuserwänden und selbst mit dem Kopf nach unten am höchsten Punkt der Röhre dahinschreitend… Schließlich, nachdem ein immer stärker werdendes Schaukeln und zugleich Rütteln in das ganze kam, in zusehends heftiger werdender Amplitude, gerieten die Bilder in Drehung…; alles rotierte um eine imaginäre Längsachse, erstarrte wieder… Die Gegenstände nahmen, die Verwirrung noch zu verstärken, verschiedenste geometrische Formen an, erschienen statt quaderartig vieleckig, statt bloß gewölbt oder gebogen rund, verzerrten sich - ein Spiegelkabinett! - und B. selbst bald verlängert, bald gnomartig verbreitert und verkürzt, bald gestreckt, bald verkugelt… Die wenigen Menschen, zumeist Liebespaare, welche um diese Zeit entweder mit ihm gleicher Richtung oder ihm entgegengesetzt reflexartig vorüberglitten, blickten ihn leer und seelenlos an… Und nun begannen die Dinge sogar, sich gegenseitig auszuwechseln, sich zu durchwirken, gerieten in Verschachtelung… Es kam zu gewaltsamen, von knirschenden Geräuschen begleiteten Verschiebungen der Häuser…; in raschester Folge ergaben sich Farbveränderungen ...
Als nächstes Phänomen überfiel B. mit einemmal sengende Hitze, im selben Augenblick eisigste Kälte… Dann schienen zentrifugale Kräfte die gesamte Stadt regelrecht auseinanderbersten zu lassen, während zentripetale Kräfte dies wiederum verhinderten… Und jetzt auch eine Bewegung nach oben, als sollte sich die Stadt auflösen - eine verhäng-

nisvolle Aufhebung der Schwerkraft…
Plötzlich trifft B's Ohr ein langgezogener, beinahe endloser Ton, hoch, unerträglich schrill und rasch absinkend - ein Ton, der die Trommelfelle zum Flattern bringt, im Hirnraum durch Resonanz noch verstärkt, minutenlang nachhallend… (die Bewegung ebenfalls stadteinwärts…, dann stadtauswärts…, ein…, aus…, in immer kürzerer Phase…) Und da, mit einemmal, erwacht B. aus der Introversion. In seiner Hand ein Zettel, und auf diesem eine Nummer - Telefonnummer… Zu welchem Zweck bloß? Und da fällt ihm ein - oder ist's Täuschung? -, daß er eigentlich hatte telefonieren wollen, die Rezeption (im Hotel) jedoch unbesetzt war…, nur anrufen - aber wen?! - , ja, und sich selbst deshalb auf die Suche nach einem Automaten gemacht hätte… Jetzt ist er klar - *bin ich* klar, vollkommen (der Sprung vom anonymen B. über das *Er* zum *Ich* gelungen; endlich!) und damit die Stadt und ihr Erscheinungsbild wieder normal. Nichts mehr von Röhrenvorstellung, nichts mehr von Verschachtelung, Verzerrtheit, Spiegelkabinett…, nichts von blauflächigen Irrlichtern, von Autos und Menschen, welche traumhaft unwirklich vorübergleiten, von Sich-Auswechseln der Dinge, von Farbspiel, von (scheinbarer) Aufhebung der Gravitation, von zentrifugalen Kräften…; vielmehr finde ich mich, findet sich B. an einem Taxistand, winkend; er winkt einem Chauffeur…, ich besteige eines der Autos, gebe den Namen des Hotels an…
Aber während sie losfahren, Richtung stadtauswärts, erneut die Veränderung, die Farbschleier, der Formwechsel…; eine Fahrt nicht etwa von wenigen Minuten, sondern beinahe rund um die Uhr, nein, noch mehr, mit Tag und wieder Nacht… So stark sind die Dehnungen, daß er, B., daß ich den Eindruck gewinne (gewinnt, gewinnt…), die Fahrt ginge nicht durch die Stadt, sondern über die ganze Erde...

Und wieder die Bilder von vorher... Sie spiegeln sich im Lack des Taxis, erheben sich aus dem Asphalt, überfallen mich von oben und unten, von links und rechts, stehen als glasige Wechselphänomene in der Windschutzscheibe, in der Luft...: *"Es ist verrückt, verrückt!"* höre ich mich, hört er, B., sich plötzlich schreien, während der Chauffeur völlig teilnahmslos - ein Roboter! - seine Limousine steuert, ohne jeden Versuch, mit mir Kontakt aufzunehmen... Und so werde ich allmählich wieder zum bloßen ‚Er', zum ‚B'.
... (Hallraum, forte:) *Wahnsinn - Wahnsinn, der mich begleitet - Wahn - und Irrsinn einer irrlichternden, aus allen Fugen geratenen Irrwelt (... welt, welt ...)*

Engelbert Krismayr

hall in tirol

ich seh
die stadt
mit südlichem flair
ohne strand und meer
labyrinth
alter träume
ich spür
den pochenden puls
vergangener zeit
in lichtlosen gassen
und steinerne häuser
erzählen geschichten
vom salz

Engelbert Krismayr

Innsbruck

goldenes haus
der altstadt
stürzender fels
der nördlichen kette
umwelträume
in eisernen klammern
und viele wurzeln
auch fremdes
im sog
des fliehenden
inns

Carolina Piotrowski

frau hitt / nordkette innsbruck

von unten gesehen
schuhe und reifen auf asphalt

ich beneide nicht die berglosen städter

oben gehört auch das sausen
der straßen irgendwie dazu (zum wind?)

das goldene dach
kurz verdeckt vom tiefen flieger

ich kenns nicht anders

Malte Borsdorf

stadt im flug

ohrenbetäubender billigtech-
no auf hundebekoteter straße
plastikgroßmütter in panik
zwischen goldkettenkerlen
greinende einfamilienhausfrauen
in der bahn junkie oder
fassadeneremitin der neonröhren-
nacht mittellos im schacht
daneben anarchisten die
frei-(heiter)-sprüche
klopfen und einsamer
jugendlicher, herumtänzelnd,
walkmanzirrhose überspielend
abgetakelte frauen drall
und aufgedonnert, großärschig
angegammelte graumänner
dazwischen kinder choreographieren
das u-bahngewackel
singen dazu menemene...

Antonia Riha

Frühlingserwachen

Wieder flattern im Wind
lichtere Fahnen
rostiges Gitter
umrankt zartes Grün
fröhlich zwitschert
im Stadtpark die Amsel
vergessen vorm Fenster
die streitbaren Krähen
versunken der düstere Mond
strahlend folgst du
dem Ruf deines Freundes
silbern klingen
die Glocken im Dom

Dorothea Merl

Hochhaus

Tote Soldaten unter rotem Mohn,
starr die verweinten Augen der Mütter.
Sense, Ochsen am Pflug, Roggen und Klee,
vor dem Bildstock die Magd,
im Schatten der Berberitzen der Mostkrug.

Bodenprobe. Traktor.
Phosphat und Kalk steigern Ertrag:
Siebenunddreißigkommaacht Prozent!

Planierraupe, Kran,
Zoten hinter dem Minirock her,
Bierdosen, Plastikfetzen.
Der Makler findet diesen Rayon attraktiv!
Vorauszahlungen.

Ein rotlackierter Fingernagel am Bettlampenknopf;
Krach mit dem Installateur,
weil im 11.Stock wieder der Wasserhahn tropft.

Dorothea Merl

Bozen

Blütenhauben
über heiße Mauern drängen,
blaue Trauben,
die aus grünen Lauben hängen;
Dämmergassen,
sich um Märchenwinkel zwängen
und in ihren Zauber fassen:
Lebst du heut und einst zugleich?

Aus: "Mondstaub und Rosmarin"
Verlagsanstalt Athesia, Bozen 1987

Julian Schutting

8.Mai 99, Innsbruck. im Hof des Schlosses Ambras ein renaturalisiertes Magritte-Bild: ein stattlicher Torbogen rahmt einen, sich zu einem Erscheinungsbild seiner selbst gewordenen Baum: von dem höher gelegenen Hof dahinter auf ein Postament gehoben: obwohl er nur aus einem Stamm besteht. dann sieht man, daß dieser Baum oder Stamm, ohne sich aus der Pflicht davonzustehlen, als eine ungeschälte Holzsäule einen Steinbogen zu stützen, sich seines nach wie vor lebensvollen Baumseins besonnen hat: vergeudet seine Kräfte nicht dergestalt, daß er etwa das auf ihm lastende Mauerwerk zu durchstoßen trachtet: hat sich vielmehr dieses ihm aufsitzende Gemäuer als einen Stützverband, als ein präventives Bruchband zunutze gemacht: unbeschadet davon, daß sich als ein stattlicher Fremdkörper ein gewölbtes Mauerstück durch seinen Stamm geschoben hat und den nun sowohl durchtrennt als auch zusammenhält, setzt sich dieser Baumstamm oberhalb des Torbogens fort als ein Baum, als eine schlanke, schön belaubte Friedhofspappel. und so erscheint der von einem Torbogen zum Dasein als ein Bildelement bestimmte Pappelstamm als ein Pfosten, dem, von Stützmauern mitgetragen, ein Baum gleicher Sorte aufsitzt, nämlich so, wie wenn er dem Toten entsprossen wäre, ihm himmelwärts davongewachsen, etwa gar zu dem Ende, den in einem Gewölbe lebendig Eingemauerten hinanzuholen? dieser Schein trügt: die junge Pappel steht am Hang dahinter! im Schloß die verwunderlichen Abnormitäten zugeeignete Wunderkammer zu betreten? im "Museumsshop" aber deren verkleinerten Wiedergaben näherzutreten - ein zu einem Einhorn und Einaug gewordener Ritter: im rechten Auge steckt ihm, wie demselben entsprossen als ein blattloser Ast, ein

Speer, wobei der Bildausschnitt der Reproduktion für sich behält, ob ein Medikus den auf Nashornlänge zurückzusägen gewagt hat. mit diesem Stecken im Auge hat der Held vieler Turniere noch gut ein Jahr zusammengelebt (sein Gehirn war unverletzt geblieben) - welche Tage und vor allem welche Nächte! blutunterlaufen das gesunde Auge.
aber der "Haarmensch", auch "Haarmann", menschenfreundlich ins Englische "Hairy man" übersetzt, wie auch heißen könnte ein luftiger Gast der fairy tales! Petrus Gansalvus heißt er respektgebietend, stammt aus Teneriffa; ca. 1590 ist er in ganzer Figur gemalt worden wie ein Regent: trägt einen langen, rot ausgeschlagenen schwarzen Mantel. wäre er durch die Blässe seiner feingliedrigen Hände nicht als einer weißer Hautfarbe bestimmt, würde nicht augenfällig die Absonderlichkeit, daß sein Gesicht von weitausgreifendem Haarwuchs und Bartwuchs heimgesucht ist: er käme uns auf der Straße als ein schöner, vollbärtiger Dunkelhäutiger näher, welcher sich das nichtkrause Haar in die Stirn gekämmt hat. seine Nase ist unbehaart geblieben, auch die Augen sind frei von Umwucherung. der schmale spitzzulaufende Halsausschnitt läßt vermuten ein dichtes Körperfell. ernsthaft schaut er dir in die Augen, eingedüstert bloß von so Oberflächlichem, wie es dunkle Gesichtshaut ist. und da ist auch, als ein Plakat, eine Abbildung seiner kleinen Tochter da. und die rührt einem ans Herz wie keine der kleinen Infantinnen, die als hochnoble Opfer ihrer Zeit ihres Kindseins entledigt zu sein hatten: sie ist in ein langärmeliges und bodenlanges Kleid gehüllt, eine Halskrause reicht ihr bis ans Kinn. und es ziert sie ein stattliches Brustkreuz, ihr vielleicht auch umgehängt worden als das wahre Erkennungszeichen und somit als eine Schutzmarke: dieses Christenkind ist der Menschenwelt zuzuzählen, so wie ihr! ihre Hände von ererb

ter Blässe. ihrem Haupt sitzt ein Gebilde aus funkelnden Steinen auf. falls ihre großen Augen ihr (nicht mitabgebildetes) Spiegelbild anstarren: zusammengepreßt die Lippen des an sich schönen Mundes, auf daß sich dem nicht ein Wehlaut entringt über die Entdeckung, über Nacht habe ein feines Katzenfell ihr liebreizendes Gesicht überwachsen. einen Schauder vor Tierwerdung abzuwehren, scheint sie bei der noblen Robe Schutz zu suchen, bei der anmutigen Haltung der Hände. Haarmann und Haarkind, Haarmensch und Fellmäderl. das Aufsehen, das sie zu zweit in den Straßen machen - auf einen Blick Vater- und Tochterschaft so einzig-lich, daß beispielsweise ein Mohr und sein Kind als beider Gefolge bloß gebürtig wären aus einem Mohrenland. ob sich in Haarmanns Vater die stolze Gesichtseinhaarung des Sohnes und der Enkelin schüchtern angekündigt hat, in buschig die Stirn hinanflammenden Augenbrauen? daß doch das Gesichtsfell der Kleinen, samtweich und seidenglatt wangenabwärts gewachsen und an der Stirn, von der Nasenwurzel weg, in zwei symmetrische Schwünge geteilt, nicht allmorgens gestriegelt und in dieses Regelmaß gebürstet werden muß! (da die beiden ja wohl nicht in geliehenen Kostümen und geborgtem Schmuck vor dem Maler posieren mußten, wußte sich ihre Menschenwürde auch von Wohlstand und Ansehen geschützt.)

Aus "Gezählte Tage" , Salzburg 2002
mit freundlicher Genehmigung des Residenzverlags

Siegfried Unterhuber

Innsbrucker Altstadt

in den Gassen neigen
sich die Häuser einander
zu

fast berührn sie sich
an den Regenrinnen

der Himmel
landet hier
weich

Siegfried Unterhuber

Innsbruck von oben
(mit Eva's Augen, 3 Monate alt)

wer zuerst wach wird
weckt die anderen
Häuser

als Docht nehmen wir
den Kamin

laß uns anzünden
das Haus,
unsere Laterne

Michael Voldrich

Innsbruck

Logo Hötting
Reichenau detto
im Schnitt Wilten
unterm Strich Amras
Mühlau ums Kennen
durch die Bank Olympisches Dorf
Pradl im Endeffekt
Saggen optimal

Stadtstrand

Nun reicht das Meer
bis an den Stadtrand
von Innsbruck
Auch Erdbeben zehren
von ihren Ausläufern
Nach den Sandkisten
der AußenbezirkSpielplätze
greift das Salzwasser
als grübe es in Sandküsten
Keine Muscheln schwemmt es an
Nur postlose Flaschen

Boško Tomaševic

Wien, Vorfrühling *Für Milo Dor*

schmelzende Kuppeln mit ersten Grashalmen.
Vergoldet in steinernen Bauwerken
der Friede des Jahres und kristallene Fäulnis.
Die Kaiser rufen nicht zum Krieg.
Am Graben erblüht Kaffeeduft,
senkt sich ins Kathedralendunkel
und nährt die Krypten des Ahnensaftes.
Vom Karlsplatz fliegen rote Trambahnen,
und über marmorne Ringe eilen sie
zum Belvedere, nach Schönbrunn.
Abends ergießen sich
helle Bisampelze in das Theater,
vornehme Schnurrbärte nachmittäglicher Händler
sammeln den Staub der Bühne.

Boško Tomaševic

Schwarze Kolporteure schweben
durch das Dämmerlicht der Metro.
Gedämpft tönt die Arie des Gongs.
Mitternacht streut vereinsamtes Sternenlicht
über erblühende Mauern des morgigen Tages.
Nur eine kleine Schwärze noch
huscht aus goldenen Steinen
und wandelt kalt
zu den Schatten ungeteilter Zeit.

Boško Tomaševic

Freiburg

Unmerkliche Spuren des Bestehens hinterließen wir
dort: den Blick auf das Münster, grüne Aulen
verspäteten WISSENS, die entlegene Bank am Talrand
den dunklen Stamm des hundertjährigen Baums.
Wohin das Sein auch rückt
hüllt es das Gedächtnis in die Lauben der Jahre
sinkt auf Gräber und siebt Himmel
durch das Geläut des Unerschaffenen,
überwuchert die Unordnung des Lebens.
Glanz des Schlichten verhüllt Gegenwart,
Zeichen werden leicht,
Schreiben unterwirft sich der Ironie
ferne Weiten bewegt sie
hin zur Feier
des beweglichen Kiesels
von Seide und Leben.

Freiburg, 13. Mai 1994

Aus dem Serbischen übersetzt von Hans-Joachim Lanksch

Rainer Wedler

Heidelberg

Schwan und Schwänin ziehen ihre Bahn. In letzter Zeit ist es vorgekommen, daß einem der großen Vögel der Hals verknotet worden ist. Überhaupt die Barbarei. Die Amerikaner jedenfalls trifft keine Schuld, die haben sich schon vor Ground Zero rar gemacht. Ob Bukowski an dieser Entwicklung seinen Anteil hat, steht zu bezweifeln. Wie hat er gesagt? If you've seen one castle, you've seen all. Oder so ähnlich. Je älter ich werde, desto wahrer erscheint mir diese Sentenz des raubeinigen Amerikaners aus Bad Kreuznach. Auch die Japaner sind an der Ermordung von Schwänen nicht beteiligt, weil die damit beschäftigt sind, in den kleinen Flimmerbildchen ihrer Digitalkameras sich das Schloß und die Alte Brücke anzugucken und dabei zu lächeln. Die lächeln auch bei diesem Turner-Wetter, wenn sie im Schuh ein Wasserbett haben. Zurück in Kyoto oder Tokio oder sonstwie auf ihren kleinen Inseln, schauen sie sich die schönen Fotos an und lächeln.

Im bittersten Winter, den man selten antrifft in dieser südlichen Stadt, wenn der Neckar versucht, sich vom Ufer her zuzueisen, kann es passieren, daß ich allein bin auf dem Altan des Schlosses, das die Franzosen einst zur Ruine gemacht haben, brulez le Palatinat! Zum Inbegriff der romantischen Sehnsucht, die auch einen Josef Goebbels in ihren Bann zog, den stählernen Romantiker kraft eigener Definition. Die schlagenden Verbindungen sollen wieder Zulauf haben, die Thüringia hat sogar einen Japaner aufgenommen. Ehrenarier hießen die einmal. Ich denke oft an jenen Jahrhundertwinter, als junge Kerle mit ihren Autos auf dem dicken Neckareis das kontrollierte Schleudern übten und Schwänin und Schwan hintereinander herrutschten, weil Gefahr drohte von einem, dem sein Fahrzeug außer Kontrolle geriet.

Lange lieb ich dich schon, du, der Vaterlandsstädte Ländlichschönste, so viel ich sah. Lange lieb ich sie schon, die einst ich traf, wo gelesen des Vaterlands tief denkender Sohn. Die Hermeneutik Gadamers blieb mir damals verschlossen, weil sie mir ihr Herz und nicht nur das geöffnet hat, sie, der Vaterlandstöchter Schönste, so viel ich sah. Oder volkstümlich: Ich hab mein Herz in Heidelberg verloren. Der das geschrieben, hat sein Leben in Auschwitz verloren am hellen Tag. Löhner-Beda haben sie dort zu Tode geprügelt, nachdem ein IG-Farben-Direktor auf Besuch so en passant bei seinem Anblick bemerkt hatte: Die Judensau könnte auch rascher arbeiten.

Vom Philosophenweg aus ist Heidelberg die Schönheit für den AugenBlick. Der Lärm der Uferstraßen bündelt sich da oben. Wenigstens haben die Schiffe auf dem Neckar, der wieder einmal gelb ist vom langen Regen, ihre Geschwindigkeit seit Jahren nur wenig erhöhen können. Wenn es so weiterregnet, wird man die Schiffahrt einstellen müssen. Die Anwohner der tiefergelegenen Häuser werden mit Sandsäcken versorgt. Trotzdem findet das Wasser seinen Weg in die Keller, die nie austrocknen und an heißen Sommertagen ihren kalten Moder ausströmen. Der Salpeter an den Wänden leuchtet in der Nacht. Wer Farbe drüber streicht, dem bröckelt sie ab.

Auf dem Bismarckturm lodert die Flamme längst nicht mehr

empor. Das wabernde Licht der Thingstätte ist an sich selbst erstickt. Es fehlten die Stücke von Blut und Boden, von Rasse und Ehre, und eh man sich's versah, waren die tausend Jahre um. Heute ist die Ordnung der Quader gestört, weil die Nachwuchsgermanen damit ihre Wurfspiele veranstalten und weil die ewige Mutter Natur längst kleine Bäume durch die Fugen ins Licht geschickt hat. Und nächtens trifft sich dort Angebot und Nachfrage in Sachen Rauschgift. Wenn das der Führer wüßte!

Auch das mit den Straßenmusikanten, ausgerechnet aus Rußland, aus der Ukraine, was weiß ich. Die spielen das Repertoire eines großen Hauses in kleiner Besetzung. Ausverkauf eines untergegangenen Staates zu Schleuderpreisen. Ich darf nicht zu oft nach Heidelberg, weil ich immer zuhöre, den jungen Frauen auch zusehe. Bevor ich weitergehe, werfe ich einen Schein in den Instrumentenkasten und schäme mich. Ich kann keinem von ihnen in die Augen sehen. Wenn du dabei bist, ziehe ich dich an mich heran und küsse dich, weil das die Augen schließt.

Das Märchen vom dicken, fetten Pfannekuchen, auch in Heidelberg kein Märchen. Der Siedlungsteig wälzt sich immer weiter ins Offene der Rheinebene. Der Tag ist abzusehen, an dem Mannberg oder Heidelheim entsteht. Beliebigkeit und Ubiquität allenthalben als realer Nachvollzug des global village.

Ich muß deine Taille spüren und das graue Wasser des Flusses riechen, sehen, wie der große schwarze Hund ins Wasser springt, den Ast apportiert und ihn schwanzwedelnd seinem Herrn vor die Füße legt, wie er aus seinem schweren Zottelfell die Tropfen schleudert. Den Lastkahn hören, sein

Tuckern. Wie der Bug das Wasser spaltet und zur Seite pflügt, wie es gischtig zurückschlägt an die Bordwand. Wie er den Weg kreuzt, den Schwan und Schwänin nehmen.

Wir nehmen die Fähre zum anderen Ufer. Seit damals, als dein Kuß noch fremd war, fährt diese Frau das kleine Boot. Die Jahre und das Wetter haben sie zu einem Mann gemacht, sieh nur ihre Hände. Wenn sie sie demnächst in den Schoß legt, wird sich niemand finden, ihr Fährmannsamt zu übernehmen.

Auf dem Bismarckplatz hat sich der Eiserne Kanzler abgewendet, weil ein paar Rapper ihre Pappkartons ausgebreitet haben und nun ihre Kraft und ihre Geschicklichkeit zeigen. Die schnelle Drehung auf dem Kopf. Ein Penner ist dazu gekommen, auf seinem kleinen Karton steht: Helft mir, bin krank! Krakelig ist das geraten, weil es Wellpappe ist. Irgendeiner entsorgt darauf sein Kupfer.

Sissi, warum nennt alle Welt sie so? Elisabeth von Österreich wohnte am Molkenkurweg, dort, wo die Sonne sich rar macht, wo ihre vornehme Blässe nicht gefährdet werden konnte, wo sie die Stadt bedichtete. Ein düsterer Ort, feucht und klamm, an dem die Autos vorbeifahren, wie sie es tun drunten, wo dem unglücklichen van Hoddis der Hut vom spitzen Kopf flog. Danach dauerte es nicht mehr lange, bis die Synagoge brannte.

Auf dem Turm von Heilig Geist weht ein frischer Wind, der Blick wird frei und läßt die Gedanken über die Dächer schweifen. Ein kurzes Gefühl von Freiheit. Plötzlich der frevelhafte Wunsch, es möge regnen, regnen, regnen, der Neckar zum Sintfluß anschwellen und die Stadt ersäufen. Du und ich, wir würden an der Brüstung unter der Turmhaube stehen und das Ende erwarten. Der Schwan und die Schwänin rudern gegen die Strömung, solange ihre Kraft reicht. Jedenfalls würden sie ohne verknoteten Hals sterben.

Peter Paul Wiplinger

Jüdischer Friedhof
Innsbruck

auf den gräbern
rostrot das laub

die steine glänzen
mattgrau im licht

auf steinernen tafeln
geschrieben die namen

von Löwy und Singer
von Eppstein und Kohn

dazu der vermerk
am isonzo gefallen

Peter Paul Wiplinger

der heldentod
fürs vaterland

jahrzehnte später
die juden ermordet

die söhne der helden
in Auschwitz vergast

Erna Killinger

Der "Bazar"

"Sie haben nun zwei Stunden Zeit", sagte die Reiseleiterin und entließ uns mit dem Hinweis, wir sollten es nicht versäumen, den "Bazar" aufzusuchen, er sei eine Sehenswürdigkeit. Ich hatte mir angewöhnt, möglichst jedes fremde Wort durch ein deutsches zu ersetzen, aus Auflehnung gegen die Fremdwörterflut. "Bazar" = "Markt". Das Wort "Markt" löste eine Reihe von Gedankenverbindungen in mir aus, versetzte mich in eine ganz besondere Stimmung, und Bilder frühester Kindheit tauchten auf: Zweimal im Jahr gab es in der kleinen Stadt, in der ich zu Hause war, einen Markt, und jeder Markt war ein kleines Fest, und es gab viel zu schauen: Da waren Puppen, die die Augen öffnen und schließen konnten, Hampelmänner und Jo-Jos, Springschnüre und Küchengeräte aus Holz, geflochtene Körbe, Papierblumen und bunte Federn, Glaskugeln und gehäkelte Tabakbeutel, Wasserpfeifen und große, glänzende Ohrgehänge, Ringe und Ketten, und es wurde gefeilscht, geschachert und geworben, wobei jeder Marktler lauter schrie als der andere.
Es war einfach was los! Es war ein Erlebnis, und allein die schönen Dinge zu sehen bereitete Freude, etwas kaufen zu können, blieb ein Wunschtraum. Aber einmal gab es doch eine Ausnahme: Ich bekam eine Kette aus dunklen Holzperlen und ich weiß es noch genau - sie machte mich zum schönsten kleinen Mädchen der Stadt. Was mich am meisten anzog, waren die Spindeln aus gesponnenem Zucker. Sehnsüchtig hingen meine Blicke an diesem Wunder, und heiß war das Begehren, einen dieser rosa Flaumberge zu besitzen. Als sich später dieser sehnlichste Wunsch an einem

schönen Markttag im Frühling erfüllte, erlitt meine Kinderseele die erste große Enttäuschung: Was mir so begehrenswert schien, löste sich, als ich es vor Glück küßte, auf in nichts; zurück blieb ein süßlich fader Geschmack im Mund. Im Laufe meines Lebens machte ich die Erfahrung, daß die meisten erfüllten Wünsche gesponnenem Zucker gleichen. Ja, dann war da noch der türkische Honig mit Nüssen, ein Mann mit einem spaßigen Hut und einer kleinen Haue, mit der er von dem großen, weißen Klumpen kleine Stücke abhackte, in Papier wickelte, und dazu aus voller Kehle schrie: "Honi aus Mazadoni - Honi aus Mazadoni - Honi aus Mazadoni!"
Auch der Novembermarkt hatte seine Besonderheiten: Während wir arme Schlucker uns an den Kastanienbrater drängten und uns an seinem Ofen Hände und Füße wärmten, bis unsere Gesichter schwarz vom Ruß waren, kreisten unsere Wünsche um die Filzpantoffel, die Hasenpelze, Tuxer Janker und die Schafwollfäustlinge. Tief versunken in jene Bilder der Erinnerung, hatte ich ganz übersehen, daß mich meine Füße durch eine slowenische Stadt trugen, die einige Sehenswürdigkeiten zu bieten gehabt hätte. "Wo ist denn nun eigentlich der Markt?" hörte ich mich fragen. Meine Freundin verbesserte mich: "Bazar, ich glaube, wenn wir die nächste Straße rechts einbiegen, müßten wir hinkommen." Es ist gut, sie zu haben! Sie paßt immer genau auf, was die Reiseleiterin sagt, sie hat einen guten Orientierungssinn, sie ist stets gegenwärtig und sie liebt Fremdwörter. Und ich gestehe, so ein Fremdwort hat auch seinen Reiz: *Bazar* - man riecht förmlich den Orient, die Ausdünstung der Kamele, fühlt den Sand zwischen den Zähnen, Teppiche unter den Füßen und die Ohren taub vom Geschrei. Die Freundin hatte recht. Wir bogen noch einmal um die Ecke, und da war er,

der Bazar. Es war ein ganz gewöhnlicher Markt ohne jeden Reiz, ohne gesponnenen Zucker, ohne Filzpantoffel, es gab auch keine orientalischen Wasserpfeifenraucher, keinen türkischen Honig und keine bunten Luftballons. Es reihte sich einfach Stand an Stand mit Obst, Gemüse, Krimskrams, Teppichen und Vasen, aufgehängten Schafen mit abgezogener Haut, umschwirrt von zahllosen Fliegen. Schläfrige Händler, hingestreckt auf leeren Obstkisten, Zeitung lesend, Zigarren rauchend, wissend, daß sich die Geschäfte ganz von selbst erledigen. Die Reisenden drängten sich in Scharen von Stand zu Stand, erstanden im Selbstbedienungsverfahren ihre Mitbringsel und legten das Geld dafür in die ausgestreckte Hand des Händlers.
Das war die Realität. Aber da waren zwei Worte: "Markt". Das Wort löste Kindheitserinnerungen in mir aus und dann der "Bazar". Allein durch dieses Wort fühlte ich mich emporgehoben auf einen fliegenden Teppich, der mich hineinschweben ließ mitten in das Getümmel eines orientalischen Marktes. Ja, man spricht nicht umsonst von der Macht der Worte.

Aus: "Ansichten einer Närrin"
Druck- und Verlagshaus Thaur 1998.

Monica Wittib

Sommer in der Stadt

Zigarettenrauch qualmt
aus der Bar
der Asphalt dampft
die Sonne senkt sich
hinter die Dächer
wirft ihre letzten Strahlen
durch die
geöffneten Türen
Hoch auf dem Barhocker
sitz ich allein
im Schatten der Palme
der Weiße
kühlt die Kehle
nie gesehene Bäume
im nächsten Hinterhof
Dröhnen der Musik
aus dem vorbeifahrenden Auto
Der Zug rattert
über den Kopf
das Gebimmel
der Straßenbahn
mischt sich mit
den Trommeln des Südens
aus dem Lautsprecher
die mein Herzschlag sind
Das Stakkato
das dir entgegenschlägt
hörst du es nicht

Monica Wittib

hinter den Mauern
Dächern
Gärten
dieser Stadt
Ich gehe hinaus
bevor die Sinfonie
der quietschenden Bremsen
Gespräche
Gläserklirren
Lautsprecherrhythmen
zu laut wird
und ich dich
nicht mehr
in mein Herz
eintreten höre.

Hedi Dejaco

Föhnstimmung

Auf einer Bank hinter der Universität, am Uferweg in der Sonne sitzend, den Frühling genießen, das schmelzgrüne Wasser vorbeieilen sehn. Ein schwarzer Dobermann schnüffelt an meinem Knie, ich blicke hoch und in ein strenges Gesicht - "Fuß" sagt der schmale, messerscharfe Mund, der Hund lässt von meinem Knie ab -
meine Füße
meine 2 Füße reichen nicht zum Boden hinunter, kein Boden unter den Füßen, Mama.
Mach keinen Blödsinn, bloß keinen Blödsinn, sag ich dir, und iss dein Butterbrot, mach dir die weißen Stutzen nicht schmutzig, die muss ich immer so rubbeln, damit sie wieder sauber werden, geh ja nicht in die Sandkiste, nicht mit den weißen Stutzen, sag ich dir - heut ist Sonntag und ich bin immer nur euer Putzmadl, die Dienstmagd ...
Sch, sch, sei still Erinnerung, das war nicht Innsbruck am grünen Inn -
meine Füße
meine 2 Füße reichen nicht auf den Boden. Wieder kommt ein Hund vorbei, ganz nahe, schnaufend ...
Der Föhn treibt die Wolkenknäuel, ganze Berge davon, von weiß über grau bis schwarz, am Himmel herum, wie Berge von Schlagobers oder Schaumkronen schwimmen sie durch die warme Luft, geballte Erinnerungen, getrieben und treibend -
meine Füße,
meine 2 Füße reichen nicht auf den Boden, Mama, und mein Pullover hängt am Ärmel auf der rauen Bank ... mein Gott,

schau dir das an, solche Maschen gezogen, an dir ist auch jedes gute Stück verloren ...
nein Mama, ich trag keine maschenziehenden Pullover mehr ...
schau, wie der Inn vorbei fließt,
dein Leben ist vorbeigezogen wie er, eisig, voll eiliger Schmelzwässer aus den Gletschern 2er Kriege -
und immer die zu kurzen Beine der Kinder und die schmutzigen Socken, die Zugmaschen auf den handgestrickten Pullovern, und dann waren sie womöglich heikel beim Essen, die undankbaren Fratzen, brachten das Jausenbrot wieder heim ...
Und ich begreif das hier auf der rauen Holzbank am Inn sitzend und meine Füße, meine 2 Füße erreichen den Boden nicht und der Föhn zerrt an meinem Haar, das grau geworden ist.

Alfons Jestl

Stadt-Fronleichnams-Prozession
Innsbruck

das dachl goldet
der himmel quastet
die krawatten bier-dursten
die dirndl-kleider
            blumen-streuen

die schützen böllern
die kameras surren
ein verbindungs-student
            beschärpt-kappt
            ohn-machtet

die musikkapelle mARSCHt
die politiker hände-falten
der bischof monstranz-gold-
            demütig-stolzt

unsere bergheimat
o jesus bewahre
vor unwetter und
bösen weibern

Aus: "Den Wasserkrug
zerschlagenen tragen"
Bibliothek der Provinz
Weitra 1999

Roland Jordan

Innsbruck

Malte nicht ein ungestümer Föhn
grelle Augen auf Dein Steingesicht?
Deine Lippe blinkt nur blass und bricht
selten auf. Du bleibst verschwiegen schön.

Lag ich nicht als Fremdling im Geäder
Deiner Hut? Ich war doch immer hier.
Aber wenn ich Gut und Gold verlier
wird Dein Hören hell. Die reifsten Räder

schlugen längst für mich und alle Suche
wird gelöste Rast in Deinem Kern.
Bleibe Blatt im offnen Weltenbuche,
ehe ich sein Fremdes ganz verlern.

Roland Jordan

Mailänder Dom

Maria hält, von Gold durchglüht, den Dom
im Widerstreben großer Steinfiguren,
die schier am Dome schon verströmen, Strom,
gedämpft vom Schlag verwegner Weltenuhren.

Die Pforte drängt sich in die Macht der Mauern
als wahrer Weg zum Leben und zum Licht,
wo Menschen ihren tiefsten Grund umlauern,
der sie erlöst, indem er niederbricht.

Doch dort im vordern Dornenantlitz, welch
ein Aufruhr gegen Geißel, gegen Knechte,
und er zerreißt den Dom mit seinem Kelch,
an dem er noch vorübergehen möchte.

Angela Jursitzka

Von Wallensteins Loggia ins Böhmische Paradies

"London-Prague" führt eine Bustour direkt von England in die Goldene Stadt. Man spricht auch Deutsch in Prag. Gezwungenermaßen. Prag ist abgelebte österreichische Geschichte - aber nicht Tschechien. Übersichtliche Straßenschilder, beschauliche Landschaftsbilder und disziplinierte Autofahrer leisten ihr Bestes, den Weg ins Böhmische Paradies zu vereinfachen. "Ceský ráj" heißt es, und es beginnt hundert Kilometer nordöstlich von Prag in Jicin, behaupten die Jiciner. Zu den wichtigsten Persönlichkeiten ihrer historischen Stadt zählen sie offenbar den sagenhaften Räuber Rumcajs - im Ausland eine eher unbekannte Größe - und natürlich den Dramatiker, Kritiker und Schriftsteller Karl Kraus. 1874 wurde er hineingeboren in die Inspirationen und Traditionen Jicins. Patrizierhäuser säumen den rechteckigen Marktplatz. Das weiträumige Forum verunzieren keine aufdringlich ortsfremden Marktstände. Nicht von ungefähr entdeckten Händler exotischer Billigwaren in der neuen Tschechischen Republik einen noch ungepflügten Acker. Gleich jedem zielbewusst mittelalterlichen Ort hütet Jicin seinen gemauerten Turm mit Stadttor. Doch statt einzuengen, erschließt das Valdicer Tor den Horizont, als blickte man durch ein Fernrohr. Und da taucht diese Allee auf. Eine Kutschenbreite weit, vier Kilometer lang, anscheinend nur dazu geschaffen, zwei spiegelgleich angeordnete Reihen mächtiger Linden zu trennen. Anderswo hätte man die Promenade längst zubetoniert, dann die Bäume dem Verkehr geopfert. Hier führt die Asphaltstraße vorbei an einem einzigartigen Stück frühbarocker Landschaftsarchitektur.

1625 begannen Wallensteins Architekten Andrea Spezza und Nicolo Sebregondi ihr Werk. Beeinflusst vom manieristischen Gedanken der Einheit von Mensch und Natur, entstand die erste, epochemachende Landschaftskomposition Böhmens. Im Mittelpunkt ruhte die Loggia, eine italienische Bogenhalle. Inzwischen rückte unverblümtes Grün der symmetrischen Komposition des Meisters Nicolo Sebregondi bedenklich nahe. Wallensteins Loggia dominiert heute nicht mehr die Gegend. Zehn Jahre lang prägte Albrecht Wenzel Eusebius von Wallenstein das einstige Herzogtum Friedland. Er beherrschte unter anderem das brisante Metier der Kriegspropaganda, griff Kaiser Ferdinand II. mit Geld unter die kriegslahmen Arme. Wie mancher "Kriegsunternehmer" - und dann meist aus erstaunlich nichtigen Gründen - wurde auch Wallenstein ermordet: geboren 1583 im ostböhmischen Hermanitz, 1623 aufgestiegen zum Herzog von Friedland, während des Dreißigjährigen Krieges hochgejubelt zum Admiral des "Ozeanischen und Baltischen Meeres", 1630 verteufelt als Verräter, 1631 wieder des Kaisers Kriegsherr und 1634 von Ferdinand II. endgültig fallen gelassen. Vor seinem gewaltsamen Ende verlegte sich der Herzog von Friedland noch einmal ernsthaft aufs Bauen. Ab 1631 beschäftigte er im ehemaligen *Gitschin* 500 Maurer in Tag- und Nachtarbeit. Er hatte auf eigene Kosten ein Heer von hunderttausend Söldnern aufgestellt, folglich wusste er auch halsstarrige Böhmen zu dirigieren. Wer nach seinem Willen baute, erhielt die Pläne und das Baumaterial gratis. Nach dem Tod seines Bauherrn kam Nicolo Sebregondi geradewegs von Wallensteins Loggia aus nach Wien, wo ihn Ferdinand II. mit der Planung des 2. Wiener Bezirks betraute. Allmählich weitet sich die Landschaft zum Panorama menschlichen Seins. Burg

Trosky, das Symbol des Böhmischen Paradieses, drängt sich ins Blickfeld. Zwei Basaltschlote krönt je ein Turm. Von weitem bilden sie eine Ganzheit, sind insgesamt eher ein Naturereignis und von oben ein Wunder. Bekanntlich standen in den Jahren 1380 bis 1390 äußerst mittelalterliche Arbeitsgeräte zur Verfügung, niemand hatte je etwas von Statik gehört. Man kam, sah und baute. Mit viel Sinn für Ästhetik und lernte aus Erfahrung. Ein dreifacher Befestigungsgürtel verband die beiden ungleich hohen Felsen. Dazwischen lagen die Gebäude auf unterschiedlichem Niveau, für Baukünstler seinerzeit eine gigantische Herausforderung. 514 m Seehöhe, vom östlichen Turm aus reicht die Aussicht für das Panorama eines ganzen Lebens: bis zum Riesengebirge und dem Jeschken, nach 1945 umbenannt in *Krkonoše* und *Jested*, in südlicher Richtung erscheint Nova Paka, das stets tschechisch war. Das wahre Tschechien eröffnet sich im Vorland des Riesengebirges, sagen die gastlichen Nova Paker.
Für die Renovierung historisch wertvoller Bausubstanz leistet die Bevölkerung dasselbe wie überall - sie zahlt Steuern. Jedenfalls erhielten jetzt auch in Nova Paka vernachlässigte Kirchen und Sgraffito-Häuser ihr altes Aussehen zurück, neu geliftet. Mineralogen sowie schlichte Steinklauber finden in Felsspalten, Steinbrüchen und obendrein auf Feldern Achate, Amethyste oder versteinertes Holz. Auf den glatt geschliffenen Flächen spiegeln vielfarbige Muster den Ideenreichtum der Schöpfung, daneben verblasst moderne Kunst zum armseligen Plagiat.
Das Museum heißt zu Recht "Schatzkammer der Edelsteine". Sein größtes Kleinod dürfte ein Baumstamm sein, 8,30 Meter lang. Einst Schattenspender auf dem Areal des Sportstadions, freilich schon vor 250 Millionen Jahren. Blutsteinfarben wie die besonders eisenhaltige Erde. Nova Paka,

die magische Stadt, war um die Jahrhundertwende ein Zentrum des Spiritismus. Durchs Kaleidoskop betrachtet, sollen die Einwohner ein wenig seltsam sein, oder ganz närrisch. Nun, sie pflegen ihr Image, trinken das *Novopacké pivo* und hoffen, Tschechien besinne sich erneut auf heimische Erzeugnisse. Als der Eiserne Vorhang fiel, herrschte grenzenlose Euphorie. Endlich selbstständig sein, ein Geschäft eröffnen, die eigene Werkstatt betreiben oder ein Lokal! Die neue Freiheit entpuppte sich jedoch als sehr gewöhnungsbedürftiger Daseinskampf. Geprägt zu Beginn der 90er Jahre vom Slogan "Zurück nach Europa", konzentriert sich die junge Generation jedoch schrittweise auf ein "Vorwärts". So genügen abseits der Tourismusmetropolen Tschechiens ein paar Worte in der Landessprache für beiderseitiges Verständnis. Nur manchmal reagieren Jugendliche, und zwar jene mit hörbar deutschem Familiennamen, angesichts ihrer westlichen Nachbarn zurückhaltend.
Im 92 km^2 großen Landschaftsschutzgebiet des Böhmischen Paradieses arbeitet die Natur noch immer als Landschaftsgärtner. Der erste Eindruck ist geradezu dramatisch. Unvorstellbare Kräfte jenseits unseres Begriffsvermögens schufen Erdgeschichte. Seit Millionen von Jahren brachen sich Wind und Wasser am vulkanischen Gestein. Hitze und Frost schliffen Basaltkegel ab, meißelten an tiefen Tälern. Vielleicht, dass es in einigen romantischen Schluchten etwa ab Kleidergröße 44 ein bisschen eng wird. Umgeben von Wald, erheben sich zwischen durchaus gesunden Bäumen urzeitliche Sandsteinformationen. Imposant, auch geologisch interessant, erhalten derart steinalte Felstürme oft die verquälte Beifügung "bizarr". Warum nicht einfach und ergreifend unliterarisch "schön"? Wild oder sanft, aber nie abweisend oder langweilig, die Landschaft Tschechiens lässt sich gut lesen. Interpretieren darf sie jeder auf seine Weise.

Brigitte Hitzinger-Hecke

Sevilla - das Tor zu Amerika oder das größte Archiv der Welt

"Spanien eroberte die neue Welt mehr mit dem Federkiel als mit dem Schwert"
Levi Marrero, Universidad de Puerto Rico

An einem sonnigen, warmen Novembertag schlendere ich über die Brücke von Triana in das historische Zentrum von Sevilla, dem Tor zu Amerika, von wo aus der Aufbruch in die Neue Welt begann. Damals 1492.
Vorbei an den unzähligen Orangenbäumen, die die Straßen und Plätze der Stadt malerisch säumen und begierig die letzten Sonnenstrahlen aufnehmen. Vorbei auch an den Kaleschen mit den grazilen andalusischen Pferden, die die letzten Touristen des Jahres durch die Stadt kutschieren. Im Schatten der Kathedrale liegt das "Archivo de Indias", jenes palastähnliche Gebäude, das 1598 zur Erhaltung und Pflege aller Dokumente, die über 400 Jahre aus der Neuen Welt kamen, eingerichtet wurde. Über die festliche Marmorstiege gelangt man in die "Sala de los investigadores", die mit ihren grauen Granitwänden und den dunkelroten Samtvorhängen jenes feierliche Pathos ausstrahlt, das die Spanier so lieben und das zugleich auch immer etwas Religiöses an sich hat. Die alten Glasfenster lassen nur sehr undeutlich die Konturen des Patios zu. Und doch fällt ein einziger Sonnenstrahl auf das Ölbild von Bartolomäus de Las Casas, dem berühmten Dominikaner, der für die Rechte der Indios kämpfte, so als würde seine Bedeutung unter all den großen Männern Spaniens, die hier an den Wänden verewigt sind, damit hervorgehoben.

Hier dürfen sich Historiker und Schriftsteller aus aller Welt, sofern ihre Empfehlungsschreiben der strengen Prüfung der Archivbeamten standhalten, in Briefe und Dokumente aus Ländern, die der spanischen Krone untertan waren, vertiefen, um Wissenswertes zu erforschen oder neu zu interpretieren. Hier bewegen sich Menschen, die mit der Geschichte leben, die kein Gefühl für Raum und Zeit besitzen. Da arbeitet Berta Quenas, die Anthropologin aus Galizien, bereits über 6 Jahre über ihren Landsmann Thomas Medel, einen Zeitgenossen von Las Casas; da forscht Bernd Hausberger von der Uni Berlin über baskische Bergwerksexperten, die Silberbergwerke in Mexiko und Bolivien betrieben; da sitzt eine Gruppe amerikanischer Pharmazeutinnen, die im Auftrag eines großen Chemiekonzerns die immensen Kräuterbücher des Leibarztes von Philipp II., Hernandez, wälzen. Auch ein Professor der Tokioter Universität hat von einer japanischen Firma den Auftrag bekommen, die Geschichte eines Silberbergwerks aus dem 16. Jh., das von Mexiko aus geführt wurde , zu recherchieren. Es soll für ein Erlebniszentrum genutzt werden. Oder ein Oberst der kanadischen Armee, der sich für die Festungsbauten der Spanier in Kuba interessiert.

Und da ist noch Ramon Medina Cledón, Professor und Schriftsteller aus Caracas. Ein Mann von beeindruckender Gestalt, der sich mehrmals täglich stolz wie ein Spanier oder vielmehr ein Venezuelaner im Saal in Szene setzt, um nachzusehen, ob seine akademischen Helfer ausreichend arbeiten. Diese tragen ihm dann wie Lastenträger die Taschen nach. Vielleicht haben seine Vorfahren seinerzeit mit Diego de Losada Venezuela kolonisiert: denn meistens legen die Nachkommen der Conquistadoren bis heute ein solches Verhalten an den Tag.

Es liegt etwas Magisches über dem Archiv, über den Briefen in 38.903 Aktenbündeln zusammengefasst, hinter denen Menschenschicksale stehen. Aus den vergilbten Papieren, die mit dem Federkiel und der alten schwarzen Tinte beschrieben sind, steigen zahlreiche Phantasien auf: die stolzen Conquistadoren mit ihren Ritterrüstungen, ihren Helmen und Straußenfedern, die kleinwüchsigen Indios mit ihrer rundgeschnittenen, pechschwarzen Haartracht, die herausgeputzten Vizekönige, die Piraten und die Negersklaven. Sie alle sind hier präsent. Genauso wie Gerard Depardieu in seiner Glanzrolle als Columbus, als er, begleitet von der traumhaften Filmmusik, den Strand von Guanahnin betritt.
An diesem magischen Ort haben sich Studenten entschieden, die Universitätslaufbahn einzuschlagen, Professoren beschlossen, sich für die Geschichte des 16. Jh. zu interessieren, andere sind lebenslang an diesen Ort zurückgekehrt, um Jugenderinnerungen aufzufrischen, wie der Engländer Merwyn Lang, und haben nach einem bereits abgeschlossenen Thema ein halbes Dutzend andere gefunden, um ganze Institute zu beschäftigen. Und vor allem haben sie immer einen Grund gefunden, wiederzukommen.
Der berühmte französische Hispanist, Pierre Chaunu, hat 10 Jahre in Sevilla verbracht, um sein 7-bändiges Standardwerk "Seville et l'atlantique" zu schreiben. Seinem Ausspruch: "L'archive est le lieu le plus haut de l'histoire" (Das Archiv ist der bedeutendste Ort der Geschichte) haben Generationen von Hispanisten Recht gegeben. Der deutsche Historiker Richard Konetzke hat in 10 Bänden alle königlichen Briefe zusammengetragen. "Eine Arbeit, zu der nur ein Deutscher fähig sein kann", meint die Historikerin Ascension Baeza Martin mit großer Bewunderung.
In diesen Räumen ist man keiner Hektik ausgesetzt. Und immer wieder muß man sich im Zeitalter von Internet und E-

Mail vor Augen halten, wie langsam damals die Kommunikation vor sich ging. Ich versuche mir dabei immer vorzustellen, welche Auswirkungen dies auf die Psyche hatte. Man sandte einen Brief, dann passierte eine Zeitlang gar nichts, und dann erfuhr man vielleicht nach einem Jahr, was daraus geworden war.

Königliche Rundschreiben, Cedulas genannt, wurden meistens in dreifacher Ausfertigung verschifft. Ein Schiff könnte im Sturm untergehen, ein zweites von Piraten gekapert werden und das dritte vielleicht tatsächlich am Bestimmungsort ankommen. Bei diesen Gedanken, die mich gelassener machen, holt mich das dumpfe Notebook-Geklappere wieder in die Realität zurück. Freundliche Akten-Träger, Porteros genannt, umsorgen die Forscher, daneben stehen einheimische Historiker mit Rat und Tat zur Seite. Und in ihren getragen vorgebrachten Antworten spürt man immer wieder den Respekt vor den großen Entdeckungen, vor der Leistung Spaniens, diesen enormen Kontinent mit dem Federkiel regiert und verwaltet zu haben. Hinter jeder Bittschrift, Beglaubigung oder Geschäftspost - sei es aus Kuba, Santo Domingo oder Mexiko - stehen unendliche Schicksale. Schicksale der Eroberer, die ihre Heimat Spanien verlassen haben, um ihr Glück in der Neuen Welt zu suchen, aber auch Schicksale der Mestizen mit indio-spanischer Abstammung.

Jeder einzelne der Forscher im Saal macht seine persönliche Entdeckung der Geschichte, befriedigt seine intellektuelle Neugierde.

Ich bin hierher gekommen, um über die Entstehung der Korruption in Lateinamerika aus dem Ämterkauf der spanischen Habsburger zu recherchieren.

Auszug aus einer Sammlung kulturhistorischer Essays zum Thema: Einflüsse der Europäer in der Welt - ein Vergleich zwischen Spanien, Frankreich und England .

Christoph W. Bauer

denk dir ein zimmer grau grün umgriffen dein schauen
und du hast ein bild von innsbruck eingekesselt von kalk
stein und schiefer dich um die eigene achse drehend und
doch immerzu den rücken zur wand fransen tage hier aus
an berggraten oder wachsen als wikinger deiner stimme
in rahgetakelten wünschen gegen den föhn in die museen
der vorstellung wo du auf fähren andrer augen anheuerst
in deren bugwasser die welt in vollem segelwerk geht
freilich könntest du hoch im kopfnorden deiner sprachtäler
überm knistern des zungenbalkens heimelige wärme auf
stöbern und dich darin abschotten bis worte verlanden
aber besser du betrittst vielleicht doch ein paar strophen
und wirst südwärts getragen wie jener isländer an den hof
ermengardes vizegräfin ihrerseits wie autorität in minne
fragen und schlenderst abends dann *tandaradei*
                    durch den waltherpark mit ein paar galanten reimen

Christoph W. Bauer

neulich du sitzt mit Borges im central er hat Snorri mit
gebracht in einem strauss elfsilbler wirst du gepflückt
vom verlangen *alle dichter dieser stadt* am tisch dir
anzusiedeln und findest im nach hause schlendern
verdammt spät ists geworden oh
santa maria de los buenos aires der argentinier mit
dem skalden hinter andre stirnen gezogen im spalier
steinerner bibliotheken und fabulierender fassaden
regen zuspruch und schindel für schindel lust weiter
zu lesen im wahrzeichen der stadt das meissel
schrieben wie jenen torbogen drüben am anderen
flussufer hausnummer fünfundachtzig wo heute
Mandelstam Dante und die Bachmann wohnen welten
aufblätternd dich einladen in ihre zeit

Christoph W. Bauer

in innsbruck fährst du zur hölle ohne wenn und aber
werden gassen dir abends zum dunklen wald nur
die dichtung im kopf die hier gleich schwer wiegt wie
woanders trittst du durch pforten aus elfenbein oder
horn in die visionen spiegelnde verse anderer hinab
und wirst in die zange genommen wie die theresien
strasse von überbordenden auslagen von der zugkraft
einer terzine dann über den graben mit le beau ténébreux
richtung markthalle bettelt die wirklichkeit unverhofft
dich um ein paar groschen an in gegenleistung einen
schluck *inferno* im petto in hohen potenzen braust es
durch deinen schädel schürt zur weissglut dir
die gedanken deine zimmer

Aus: "die mobilität des wassers
müsste man mieten können" (aus dem zyklus "fähren")
haymon-verlag , innsbruck 2001

Dorothea Macheiner

Georg und Grete

steinerne stadt
mönchische
zu tode fotografierte
papagena
salz-ach!
feuchtigkeit und ratten
a-moll klang
durchs gewölbe schallt.
GRETE
fremdlingin, mondin
tödin
entflammt das streichholz
an zwei enden.
GEORG
brennt das mal
auf der stirn
der kuß-
sein mund
ein tabernakel
blutender hostie
steinerne stadt
mönchische
salz-ach!
kinderwimmern
der möwen im gleitflug
gelbe schnäbel
vogeltritte im schnee

Ingrid Mascher

Hall

kann dich nicht lassen
meine Lichtheimat

all die Gassen
in denen mir Liebste und Henker wohnen

bleibe ein alter Raubritter
der plündernd und brandschatzend
seinen Weg ins Freie sucht

mir folgen Bettler und Blinde
Gaukler und fahrendes Volk

werden wir die Verliese öffnen können
oder enden wir alle am Richtplatz

Peter Drescher

Zu Hause

Gleich hinterm Markt begann das Werk. Rauch wolkte aus den Schornsteinen, verrußte Brikettfabriken türmten sich wie Ungeheuer auf, Kohlepressen stampften und klapperten, betonquadrige Werkstätten und weite Lagerplätze breiteten sich aus. Mein zu Hause. Wenn ich im Garten der Großeltern spielte, brauchte ich mich nur - am Hühnerzwinger und den Karnickelbuchten vorbei - durch ein schmales parkähnliches Gelände schlängeln, und schon stand ich auf einem der Fabrikhöfe.

Jahre später bin ich weggezogen, dreihundert Kilometer weit weg, in eine von Bergen eingekesselte Großstadt. Alles schien auf einmal so anders: kein ebenes Land, nichts mehr mit Opas Hühnerzwinger und seiner verwinkelten Malerwerkstatt am Rande der Grube. Und diese mich verstörende Anonymität!

Von gelegentlichen kurzen Stippvisiten abgesehen, war ich nie mehr in B. gewesen. Jetzt, fast vier Jahrzehnte später, zieht es mich wieder in das Städtchen im Kohlenpott. Will ich die Zeit zurückholen? Nostalgische Erbauung erfahren? Endgültigen Abschied nehmen?

Kein Stäubchen rieselt, keine rauchigen Schlote nebeln, kein Tackern der Brikettpressen schwingt durch die Luft. Wie in einem Kurort. Bad B. Dabei befinde ich mich keine hundert Meter vor dem Haupttor des Werkes. Ein sterbender Ort.

Ja, dort, in diesem Flachbau - die Jalousien sind zugezogen, das Haus scheint unbewohnt - hatten Krosserts ihren kleinen Laden. Schenkten uns Kindern bunte Stammbuchbilder. Krosserts Reinhard, ein blasses Kerlchen, war unser

Klassenbester. "Muttersöhnchen", "Spinner", riefen wir, die Kinder der Kohlepresser, Schlosser und Verlader, ihm manchmal nach.
Ich verschränke die Arme auf dem Rücken, setze langsam Fuß vor Fuß. Da drüben, in dem stuckverzierten, villenähnlichen Haus saß ich scheu, ängstlich, unruhig im Sprechzimmer des Sanitätsrates Dr. Pruggel. Wir verehrten den alten, weisen Doktor, einen der wenigen, die nicht als Arbeiter im Braunkohlenwerk schafften. Und er gehörte zudem zu den vier, fünf Leuten, die ein Auto besaßen.
Ich drehe mich zur Seite und sehe das wegen seiner schmucklosen Länglichkeit "Kegelbahn" genannte ehemalige Haus meiner Großeltern. Opa hatte im Keller, hinter Kisten und Gläsern, immer eine Flasche Schnaps parat. "Kumpeltod" wurde das Zeug genannt, billiger Fusel, den die Bergarbeiter, also auch drei seiner Söhne, auf speziellen Wertmarken für ein paar Pfennige erhielten. Die Gräber meiner Großeltern sind kürzlich eingeebnet worden.
Ich konnte mir lange nicht erklären, weshalb unser B. "Gartenstadt" genannt wurde. Musste an holländische Tulpen und an blühende Alpenwiesen, umrahmt von schmucken, blumenkästenbekränzten Häusern, denken. Schöne, geheimnisvolle Ferne, was hat die mit B. zu tun? Erst später erfuhr ich, dass die Bergarbeitersiedlung - ein Ort aus der Retorte - das Siegerergebnis eines landesweiten architektonischen Wettbewerbes war. Noch um 1900 war hier weites Grasland, das nur von einigen dürren Wäldchen und idyllischen Teichen unterbrochen wurde. Plötzlich tat sich was in diesem Winkel, Braunkohlegruben wurden erschlossen, eine Werksiedlung erbaut. Ringförmiges Straßennetz, Wohnhäuser im Landhausstil, umgeben von Gärten. Schule, Gaststätte, Kaufhaus ... Nirgends gedrängt-miefige Mietskasernen. Viel Grün.
Ich gehe ziemlich gemächlich die Straße vom Werk zum

Markt entlang. Entsinne mich, dass an dieser Ecke mein Freund Gerd wohnte. Wo genau? Ach, ja, da drüben. Im Haus mit dem Bild eines Bären über der Eingangstür. Der hochaufgerichtete Zottlige regte unsere kindliche Fantasie an, Jungenträume führten uns aus dem Nest an der Tagebaukante an Karl Mays Silbersee oder in die dunklen Wälder Kanadas.
Nichts rührt sich, ich laufe weiter bis zum Marktplatz. Schabe mit den Füßen über das holprige Pflaster. Meingott, am ersten Mai wurde hier eine lange, schlanke Kiefer aufgestellt - der Maibaum. Die Mädchen aus der Achten hatten ihn mit Girlanden umflochten und mit einer birkenverzierten Krone geschmückt. Ja, der Aufstellungstag war ein richtiges Volksfest. Wir Kinder umkreisten ausgelassen die Kapelle, die vom Stadion her aufmarschierte. Die Großen steuerten stolz den langen Wagen mit dem Maibaum, die Freiwillige Feuerwehr passte auf, der Hausmeister unserer Schule schwenkte die Fahne.
Unsere Schule. Sie nimmt die ganze linke Seite des Marktplatzes ein. Auf einmal sehe ich mich den langen Flur entlangrennen, stolpere, ein Mädchen, rank und schlank, lehnt an der Wand, fängt mich auf. 'ne Neue? Es war Fräulein Walde, die als junge Absolventin fortan bei uns Deutsch und Musik unterrichten würde. Und mir erscheint der autoritäre Direktor Noack, der mir, dem musikalisch Glücklosen, das Leben schwer machte. "Das nennst du singen", höre ich ihn zetern, "kannst Bäcker werden", beißender Spott in seiner Stimme, "hast Rosinen im Kopf und Mandeln im Hals." Mit "Rosinen" meinte er höchstwahrscheinlich meine vorübergehende Absicht, mich einer der neu gegründeten Beatgruppen anzuschließen.
Das Gasthaus "Kaiserkrone" gegenüber wirkt hinfällig. Abgebröckelter Putz, stumpfe Scheiben. Früher war es ein ge-

selliger Mittelpunkt. Ich weiß noch: der erste Western, der zu uns gedrungen war, hieß "Die glorreichen Sieben". Wir Halbwüchsige, "Halbstarke", standen Kopf, der Kinosaal in der Kaiserkrone war gerammelt voll. Kurz darauf wurde dann der Jugendclub gegründet. Samstags lud eine langmähnige, gitarreschwenkende Beatgruppe (genau, die, der ich mich anschließen wollte) zum Tanz ein. Die blonde Sylvia und ich, mit grünen Armbinden versehen (uns war nie klar, ob wir das albern finden oder ob wir stolz sein sollten), hockten in einem kleinen Verschlag und verkauften Eintrittskarten. Sylvia hat mich damals in die Anlage hinter Nuschs Bäckerei geschleppt. Hatte ich damals "die Initiative ergriffen"? Ich glaube, es war eher umgekehrt. Ist Sylvia jetzt eine pummlige, etwas müde, genervte Hausfrau? Was weiß ich. Wir hatten vorgehabt, spätestens nach fünfzehn Jahren ein zünftiges Klassentreffen durchzuführen. Hat nicht geklappt. Wendewirren. Und jeder hatte Sorgen, neue Aufgaben, keine Zeit.

Ich schlendere über den Marktplatz. Vor mir, in wuchtiger Schönheit, die Kirche. Oh, wie sehr hatten wir manchmal den alten Pfarrer geärgert. Besonders keck und mutig fühlten wir uns, wenn wir die Luft aus den Reifen seines feuerwehrautoroten Mopeds ließen. "Schon wieder einen Platten", wunderte er sich, und schlug ein Kreuz. Der Pfarrer ist vor Jahren verstorben, die geschrumpfte Gemeinde soll nun aus der Nachbarschaft "fernverwaltet" werden.

Ich betrete die Kirche, eine herumwuselnde, staubwischende Frau, faltiges Gesicht, mustert mich. Ist das die Hedwig Jetschyk, die seinerzeitige Kirchendienerin? Wir erkennen einander nicht. Ich verharre an der Tür, schaue hin und her. Ziemlich finster alles. Aber sie gefallen mir, die "locker geschwungenen, bewegungsvollen Formen, die flächenhaft dekorativ verbundenen Pflanzen- und Blütenornamente, der

Hauch von Strenge". So stand's übrigens in einem Prospekt, den der Pfarrer von seiner Jugendstilkirche unters Volk brachte. Ich kenne den Text noch heute, denn ich habe laut daraus vorgelesen, als ich diesen "Kunstführer" ausgerechnet in der Halbzeitpause eines Fußballspiels verteilte.
Vor dem Gemälde hinterm Altar habe ich öfter gestanden. So wie die beiden Jünger auf dem schlichten, naturalistischen Bild stellte ich mir meine Vorfahren aus B. vor: bieder, knorrig, derb. Einer im groben Hemd und mit robusten Arbeitsschuhen, der andere schwenkte die Sense und erinnerte an bäuerliche Wurzeln.
Die alte Frau mit Staubwedel grüßt beim Hinausgehen liebenswürdig. Trotz der Freundlichkeit fühle ich mich plötzlich wie ein Eindringling. Draußen, irgendwie ernüchtert, haste ich davon, gelange auf einen großen Innenhof. Stallungen, Wäscheplatz, Gärtchen. Ich falle auf eine Bank, atme tief durch. Vor meinen Augen flirrende Kreise. Was ist das? Frauen mit Wäschekörben. Rechts flickt der Zutter-Dieter einen Fahrradschlauch. Hinter ihm, ein Auge zugekniffen, besserwisserisch herumfuchtelnd, der alte Paule Lehmann mit Schürze und breiter Schirmmütze. Ich reiße die Augen auf. Vor mir eine Garage mit grell angestrichener Tür, die es damals hier gar nicht gab. Damals ..., die Zeit ..., Heimat. Ein Blick auf die Armbanduhr. Der Mittagszug fährt 11.49 Uhr, in einer Viertelstunde.

Manfred Hausin

Kleinstadt

Alles ist hier viel kleiner -
Bis auf die Vorurteile

Großstadt

Ich lebe neben dir
Du stirbst neben mir

Statt Frühling

Kaufhäuser
Versicherungen
Und Banken
Ziehen in die Stadt

Der Frühling
Zieht ins Land

Barbara U. Schumann

Ein bißchen Venedig

Manchmal ist Hamburg Venedig
Angenähert bis auf 32 Grad im Schatten
Das Licht unter Alsterarkaden feines Gedeck
Italienisch ohne Aufschlag Bolognese
Spaghetti aus Silberschalen poliert
Frascati Prosecco oder Pinot Spumante
Kühles Wasser mit dem du verweilst
Der Blick voller Brücken nach Rialto
Suchst du vergebens aber ein bißchen
Canale Grande und handgefertigt Cerrutti
Bis La Casa so weit die Füße dich tragen
Auf dem Weg nach San Marco nebenan
Wo graue Tauben drunter fliegen und
Drüber innehalten für Sekunden
Wenn deinem Blick zu italienisch vielleicht
Mamma Mia das Hanseatische fehlt

Aurelia Seidl-Todt

Innsbruck im Spätherbst

die Nordkette trägt Hermelin
bietet kalte Schulter jenen
im Tal hinter Krägen versteckt
hinterlassen sie weiche Spuren
nur die Stadt zeigt klares Profil
ihr Galakleid abgestreift morbid
über Wege gestreut die Farben
zurückgegeben an die Zeit wo müder
folgt der Fluss seinem Lauf greifen
Arme nackt in Ufersand stellt sich
Gegenwärtiges ins schräge Licht

Aurelia Seidl-Todt

Frühling im Saggen

neu ist uns ein Teppich ausgerollt
für den Gleichklang unserer Schritte
und alles rückt sich grün ins Licht
an deine Schulter geschmiegt verlischt
ein Magnolienherz so lautlos im Fall
vorbei an geschminkten Fassaden
gewähren Hecken noch einmal Sicht
atmen die Gärten wieder auf wo sich
Altes längst manifestiert wachen
steinerne Treppen vor stummen Türen
Efeu stützt das Gemäuer schlingt
sich hoch zum Turm dahinter noch
lauert die Spindel der dreizehnten Fee

(Saggen: Villenviertel von Innsbruck)

Aus: "…und es blättern aus den Bäumen"
TAK, Innsbruck 2002

Claudia Paganini (Mathis)

Innsbruck. Frauen- und Kopfklinik. 7.Stock. Neurologie - Intensiv Station.

Heute hat man mich hierher gebracht. Oder auch gestern. Vielleicht auch letzte Woche. Ich kann mich nicht erinnern. Mein Gehirn arbeitet anders - seit einer Zeit - in Fetzen. Aber ich höre. Ich schmecke. Mit meiner Haut fühle ich und mit meinen Augen sehe ich.

Doch die Geräusche, die ich höre, gefallen mir nicht. Türen, hallende Schritte, etwas dumpfer, Autos, die starten. Dann schrille Pfiffe, die sich mir mehr und mehr nähern, sich artikulieren und schließlich Worte annehmen von einer Sprache, die ich nicht verstehe. Manchmal glaube ich sogar, ich kann die Stimme meiner Mutter erkennen, wie sie weint. Vielleicht ist es aber nur ein Traum.

Ich schmecke. Doch, was ich schmecke, gefällt mir nicht. Der Schleim in meinem Mund chemisch und bitter, plötzlich überdeckt von pickig süßer Vanille. Woher die Vanille kommt, frage ich mich, denn ich bin mir sicher, dass ich lange schon nicht mehr gegessen habe.

Ich fühle. Doch, was ich spüre, gefällt mir nicht. Meine Haut ist feucht, und der Stoff unter mir erscheint mir immer gröber. Fast beginnt er menschliche Züge anzunehmen, die Züge von jemandem, der mich quälen will. Dort, wo kein Stoff ist, pocht laut das Blut, so als würde es jetzt die Venen sprengen, jetzt aus der Haut herausplatzen. Nadeln spüre ich und etwas wie Klebstoff.

Doch ich sehe und, was ich sehe, gefällt mir sehr.

Es ist wie der Rücken eines Tieres. Der Rücken von einem Krokodil. Seine Farbe ist grün, braun, manchmal auch ein wenig grau. Das Tier liegt und bewegt sich nicht. Es ist wie ich. Nicht einmal den Schädel hebt oder dreht es, mit keiner seiner Schuppen zuckt es, starr und schön fängt sein Panzer die Sonne auf. Das Krokodil ist stark. Es ist riesig. Manchmal ist es ganz nah neben mir. Wenn sich meine Hand bewegen ließe, könnte ich es berühren. Vielleicht würde es sich gerne von mir streicheln lassen. Es ist mein Freund, glaube ich. Denn die ganze Zeit, die ich schon hier bin, ist es bei mir geblieben. Manchmal kann ich das Krokodil nicht sehen. Jemand muss es zugedeckt haben, denn da ist etwas Weißes, das uns trennt, das meine Sicht versperrt. Manchmal treten Körper zwischen uns. Dann habe ich Angst, dass sie ihm wehtun. Und ich bin froh, wenn ich merke, dass die Körper wieder nur zu mir gekommen sind, dass sie das Krokodil gar nicht bemerkt haben. Wenn ich einschlafe, wacht es über meinen Schlaf. Und wenn ich aufwache, freut es sich. Dann liegt ein Glanz in seinem Blick - glaube ich - denn sehen kann ich seine Augen nicht.

Patientenvermerk. Francesco A. liegt nach einem Autounfall bereits den 8. Monat im Koma. Seit seiner Überstellung in die Universitätsklinik Innsbruck hält er den Kopf ständig nach rechts gedreht, mit dem Gesicht zur Nordkette.

Rosi Lochmann

Innsbruck

Diesmal halten die Ahornbäume ihr Blätterkleid fest
bis in den Winter
und fürchten den Frühling.
Die stolze Hofburg erzählt goldweiße Lügengeschichten.
Und der Papagei schreit auf der Trauerweide.
Der Pferdemistgeruch kämpft mit dem Benzingestank.
Die Menschen eilen mit pfiffigen Gesichtern
und träumen von Parkgaragen und Gondelbahnen.
Und kein verliebter Blick hängt an den Erkerschnörkeln
und Kirchturmspitzen.
Nur ein goldenes Dach zieht fremde Augen an.
Im dunklen Dom wartet die Cranach-Muttergottes auf ein
Lichterwunder.
Und eiserne Männer und Frauen stehen in der Hofkirche
um ein leeres Grab.
Nirgends zwischen den Häuserreihen ein kleines
Grußlächeln - nur ein Hinwegschauen über Menschen ohne
Namen.
Und überall Autos mit der Angst vor der Zeit und den
Zettelchen hinter Scheibenwischern.
Der Eisengreifer geht um!
Und der faule Inn schielt grünblau.

Güle G. Lerch

kurze Enthüllung

ein rascher Turm
über den säuligen Spitzbögen
Tauben aus blauem Blut
weisen dem Tuckern
die Richtung
die Möwe unter Rialto
wiederholt
bereits leidenschaftslos
das grüne Schwappen
der Laubengänge
und
die hektischen Pfähle des Kanals
zucken
als der Vollmond des Bahnhofs
kurz
seine Zeiger enthüllt

Güle G. Lerch

dieser Tage

dieser Tage wird wie immer
und überall in der Stadt viel gebaut
und dort wo nicht gegraben wird
da wird geplant
da werden sogar Straßen
wie die Museumstraße
als vierspurig bestaubar ausgeschildert
ganz einfach deshalb
weil es sich im Langzeitversuch bewährt
und enorm viel zur Verkehrsberuhigung
beigetragen hat
der Verkehr ist ruhig
hält endlich am Kofferraum die Schnauze
wenigstens die Sprachkenntnisse der Polizisten
die den gebührenfreien Parkplatzverkehr
der Innenstadt minutiös regeln
sind Englisch Französisch Spanisch fließend
und selbst neun Monate später
kräht kein Hahn
wie beispielsweise Babys
nach einer Stromausfallsnacht
und dieser Tage bläst das ganze Jahr über
viel Föhn im Stadtbaukonzept

Klaus Schebesta

Frühlingserstarren

Der Frühling ist da. Gestern auf Sommerreifen gewechselt. In der Sonne gesessen. Laue Luft gerochen. Erste Blumen auf den Wiesen gesehen.

In der Nacht auf heute Uhren umgestellt. Endlich: Sommerzeit.

Der Wecker läutet um sechs Uhr zwanzig. Ich werde aus dem Vollschlaf gerissen und aus tiefen Träumen, eine Stunde früher als sonst: Ich bewege mich auf verschlungenen Dschungelpfaden, schwimme in tropischen Gewässern, wandere barfuß über heißen Sand und strecke mein brennendes Gesicht der glühenden Sonne entgegen. Das Programm, das nächtens träumend das Gewicht der Ereignisse des Tages verarbeitet und die Gedanken frei macht, wird jäh unterbrochen. Wie bei deinem Computer, bei dem, mitten in der Datenverarbeitung, der Stecker gezogen wird.

Verdattert gehe ich zum Fenster. Es ist stockfinster - und im Garten liegen fünf Zentimeter Schnee, den kein Wetterbericht vorausgesagt hat. In dicken Fetzen schweben die weißen Kristalle lautlos zu Boden. Auch das noch.

Ich hätte es wissen müssen: In Innsbruck ist auf den Frühling kein Verlass.
Fünf Minuten später laufe ich, wie jeden Morgen, noch halb im Schlaf. Am Waldboden liegt Schnee. Aus dem Nichts beginnen Spuren, die kurz später wieder verschwinden. In

der Ferne taucht ein Mann auf. Als er an mir vorübergeht, bin ich froh, dass er eigene Abdrücke hinterlässt. Grobe Stollen, mindestens 45er.

Ich schalte den Walkman ein. Erdiger Sound, Me'Shell singt *Oh Jesus*. Man spürt an ihrer Stimme, dass sie daran glaubt. Ich komme zum Baum, an dem sonst eine rote Kerze flakkert. Heute ist es dunkel. Schade. Ich biege um die Kurve und laufe einer Klosterschwester fast in die Arme. Im Ohr hämmert Me'Shell, ein neues Lied hat begonnen: *God Shiva*. Die Schwester grüßt mich mit einem kaum merklichen Nicken und lächelt mir zu, freundlich, aber dünn und distanziert, aus einer anderen Welt. Glaubt sie.

Wieder zurücklaufend, finde ich mich langsam zurecht und ordne die wirren Gedanken. Ich schalte die Musik ab und lasse mich mit meinen Sinnen auf die äußere Welt ein. Als ich an einem Bach vorbei laufe, trifft mich leiser Abwind, voller Geruch verschneiter Gipfel. Bei den Schienen der Hungerburg-Bahn empfängt mich scharfer Duft von Holzschutzmitteln, mit denen die schweren Balken schwarz gestrichen wurden, um dem Wetter Stand zu halten. Kurz später frisch geschlägerte Baumstämme, umgeben von süßlich-harziger Luft. An der Wegbiegung treiben Dutzende Regenwürmer im eisigen Schneewasser. Dann an der Holzbrücke beim Alpenzoo. Ich setze zum Sprint an und blicke nach unten. Ich fliege. Die winzigen Spalten zwischen den Bodenbrettern reihen sich im Lauf aneinander und geben den Blick nach unten frei. Der Boden wird zu einem grauen Schleier, durch den ich bis zum Bach hinunter sehen kann.

Auf der anderen Seite blicke ich nach oben in den inzwischen hellgrau gewordenen Himmel. Aus dem Nichts kommen Schneeflocken auf mich zu, wie zerknüllte Tücher aus gefrorener Seide, schweben taumelnd nach unten und legen sich kühl auf mein Gesicht.

Das also ist der Frühling.

Christl Greller

nachtleben, schwarzweiss

hier das letzte kopfsteinpflaster.
nass, nachts im regen,
im stil alter filme. der
gusseiserne abfluss. überrascht
stürzt ein rinnsal hinein.
mit flinkem schatten - eine
katze, eine ratte?
auf dem gehsteig
widerschein gastlicher lichter.
im scherenschnitt der fenster
die überbleiber,
einsam über ihrem glas.

Christl Greller

himmel über wien

schmutzigrosa haube, taubenfrei nachts,
über gebirgen von häusern. darauf
die aussichtswarten der handymasten.

mit lichtabgeschirmten augen
hinaufblicken
aus der klamm einer straße,
einen streifen weltall erspähen
und sirius vielleicht, wenn winter.
einen einsamen eckpunkt sommerdreieck,
wenn sommer. nichts sonst
von tiefe und geheimnis.

manchmal
sternenkaskaden
über der
donauinsel.

Andreas Wistrik

Flach atmen oder Die Kunst des U-Bahn-Fahrens

> Ein Menschenfeind, das bin ich nicht. Im Gegenteil: Ich liebe den Menschen. Aber er soll mir nicht zu nahe kommen ...

Geringschätzig verzieht er den Mund. Wie dreist von mir, ihn anzusprechen, den verkabelten Hünen mit der polierten Glatze und den ausrasierten Augenbrauen. Der Proteinklumpen sollte mir egal sein, ist es aber nicht, denn ich muss in den U-Bahn-Wagon einsteigen. Ich will nur an ihm vorbeigehen, vielmehr: mich in diese stählerne Wurst hineinpressen. Von Gehen kann keine Rede sein. Und ich erwarte es nicht, schon gar nicht bei mehr als sechs Milliarden Menschen - Tendenz: steigend. Hier herrscht das Durch-, Über- und Gegeneinander, nichts anderes. Wer an das *Prinzip Hoffnung* glaubt, ist ein Narr. Trotz allem muss man immer wieder versuchen, strategisch vorzugehen, nach allen Regeln der Kriegskunst. Also, Versuch eins: Ich will mich zu seiner Linken schnurstracks durch die Tür zwängen. Fehlanzeige: Gut die Hälfte meiner Ballungsraum deformierten Fassade befindet sich nach wie vor auf dem Bahnsteig, der mit Urinlachen, Sputum und Erbrochenem den fortschreitenden Verfall sozialer Randgruppen treffend dokumentiert. Versuch zwei: Ich presse mich zu seiner Rechten und an einer spindeldürren Frau - allerdings mit Cellokoffer - unter einem enormen Kraftaufwand und krüppelhaften Verrenkungen in den Wagon hinein. Dieses Instrument ist viel zu groß für sie; angemessener wäre eine Blockflöte. Für diese Kiste müsste sie eigentlich den dreifachen Fahrpreis bezahlen. Vermutlich ist dieser kümmerlichen Studentin bereits das einfache Entgelt zu hoch. Als Vollzeitbeschäftigter, also Leistungsträger der Gesellschaft - das muss man auch einmal offen sagen dürfen - muss ich die Verbilligungen jener Hungerkünstler mittragen. Aber ich sage es nicht. Miau, miau, miau. Hör schon auf zu lamentieren! Du musst alles um dich herum ignorieren! Schau einfach an die Decke! Es ist sowieso kein Sitzplatz frei. Was heißt hier Sitzplatz? Alles vollgeschmiert und aufgeschlitzt von diesem Wohlstandsschrott. Die Tür kann geschlossen werden - kann, also *potenziell, der Möglichkeit nach.* Da bekommt man ja eine Genickstarre. Was ist los? Muss sich diese Kreatur auch noch hineinzwängen? Das ist doch kein Viehwagon, oder doch? Es ist überhaupt kein Platz mehr. Auf in die Gepäckgitter! Wir sollten uns allmählich auf indische Verhältnisse einstellen. Dreckig genug ist es ja bereits. Es fehlt nur noch, dass alle auf die Gleisanlage scheißen, selbstverständlich in einem gebührenden Abstand voneinander. Immer mehr Menschen, immer weniger Lebensraum. Kein Wunder, dass es hin und wieder kracht, krachen muss. Godot ist überall. Man weiß nicht, wann er kommt. Und da es unter Umständen sehr lange dauern kann, sollte man sich präparieren, jedoch nicht im Sinne von *vorbereiten*, sondern *haltbar machen.* Als Stadtbewohner ist man gezwungen, sich spezielle Überlebenstechniken anzueignen - darunter auch solche, die ein sensibler Mensch während der U-Bahn-Fahrt dringend anwenden sollte. Leider kommt die Fahrt mit dem Auto als Alternative nicht in Betracht. Ich habe es oft aus Protest versucht. Mit der Bahn brauche ich - falls alles reibungslos funktioniert - eine halbe Stunde, mit dem Wagen etwa eine Stunde; hinzu kommt rund eine dreiviertel Stunde, um einen Parkplatz zu finden. Die Krönung des Trauerspiels ist erreicht, wenn man in einen anderen Stadtteil fahren muss, weil es im eigenen keine legalen Parklücken mehr gibt, die zudem vor allem von Karossen mit auswärtigen Kennzeichen in Beschlag genommen werden; und dann muss man zusätzlich die Bahn benutzen, um doch noch nach einer nervenaufreibenden Odyssee nach Hause zu gelangen. Und diese dümmlichen Kopfgeldjäger, diese Hilfssheriffs, deren Uniformen wie Restbestände aus dem ehemaligen Ostblock aussehen, sind gnadenlos abgerichtet. Ihr Einkommen erzielen sie im Wesentlichen durch das Aufspüren von Autos, deren Kfz-Steuer zahlende Fahrer oftmals verzweifelt nach einer vom Gesetzgeber zugewiesenen Parkmöglichkeit gesucht haben. Also bleibt einem nur die Benutzung so genannter öffentlicher Verkehrsmittel. Wer Leib und Seele längerfristig vor Schaden bewahren möchte, sollte daher einige Verhaltensregeln in puncto Atmung beachten: Grundsätzlich sollte man Luft, also das Gasförmige um einen herum, in einer geringen Dosis durch die Nase einziehen und wieder ausstoßen. Der Mund sollte permanent geschlossen bleiben, damit die Ausdünstungen anderer keine Chance haben, ungefiltert in den eigenen Organismus einzudringen. Fremdbakterien stellen schließlich eine nicht zu unterschätzende Bedrohung dar. Und bekanntermaßen ist der dreckigste Bakterienträger der Mensch. Insbesondere kommt der Nasenbehaarung beim Atmen eine gewisse Bedeutung zu: je buschiger, desto besser. Nein, nein, nein! Das wird ja von Tag zu Tag schlimmer, dieser Terror des kleinen Mannes, der am Aufmerksamkeitsdefizitsyndrom leidenden Frau, des durch Megakonsum verhaltensgestörten Kindes. Eine der tief greifendsten Erfindungen der letzten Jahre und für jedermannfraukind erschwinglich, so scheint es. *Hallo?* Die Stimme eines dem Auftritt nach 20-jährigen Jungunternehmers, der einen Sitzplatz ergattert hat, ist noch etwas brüchig, dafür umso lauter. *Komm' später ...*

das Bahn-Management auswechseln ... check it out! ... no risk, no fun ... So, das war der Auftakt. Offenbachs Cancan ertönt: *Wa-ma-du-heu-a? Ha-du-lu-au-ei-bi? ...* Äußerst interessant! Das Privatleben wird öffentlich; jeder kann daran teilhaben. Ständig digitale Klingeltöne:
Dreiklänge, Akkorde, Triolen, Motive aus der ernsten Musikliteratur. Vielleicht lässt sich auf diese Weise - wenn auch stark verkürzt - Bildungsgut verbreiten. Warum vergewaltigen sie Werke ernst zu nehmender Komponisten und greifen nicht auf ihren Popabfall zurück, industriell produzierter Popmüll. Ja, ja, ich soll mir einreden, dass aus mir nichts geworden ist, weil ich den mich umgebenden Schwachsinn mit seinen übersteigerten Selbstinszenierungen nicht toleriere und statt dessen anprangere. Gut, aus mir ist nichts geworden. Ich gehöre zu den zwei Prozent der Bevölkerung, die nicht rund um die Uhr erreichbar sein müssen. Ein hohes c, gefolgt von g, e, g, und wieder ein hohes c und das Ganze insgesamt siebeneinhalbmal. *Ick lieb' dir ooch ...* Fühlt sich hier jemand angesprochen? *Du, ick hab' die Jummis ...* Ein Septimenakkord:... *noch Milch ? 3,5 oder 1,7 Prozent Fett? ...* So, jetzt hört ihr mir einmal zu! Handys sind ... Ja, ja, ich weiß schon: Das interessiert euch nicht, frei nach der Devise: *Was ich nicht hören will, das gibt es nicht.* Beeinträchtigungen und gesundheitliche Schäden lassen sich viele beobachten und nachweisen. Schaut nur weg. Ihr haltet mich wohl für einen Spinner. Es beginnt mit einer Zunahme von Nervosität, Schlaflosigkeit, Müdigkeit, Gedächtnisstörungen, Konzentrationsmangel, Kopfschmerzen, Ohrensausen und Atemnot. Ja, es ist sogar von Veränderungen der Gehirnströme die Rede, ebenso von Schwächung des Immunsystems, von Informations- und Kommunikationsstörungen an den Zellen, von Nervenreizung, vom grauen Star, von Störung des Mineralstoffwechsels und Hormon-

systems, von Herzrhythmusstörungen und Erhöhung des Blutdrucks bis hin zu Krebs und Schädigung des Erbmaterials. Darüber hinaus … Ich schweige, wie immer! Achtung: Flach atmen! Wohldosiert das Gas durch die Nase einziehen und wieder ausstoßen, ja nicht inhalieren. Fährt die Bahn eigentlich noch oder ist der Verdauungsprozess ins Stocken geraten? Flach atmen! Zum Glück wachsen mir so viele Haare in der Nase. Das sieht zwar nicht schön aus, hat aber durchaus seinen Sinn. Außerdem will ich gar nicht schön sein, weder gut aussehen noch beliebt. Ich bin ja keine Schlagerschwuchtel. Ich weiß, dass ihr mich wegen meiner starken Nasenbehaarung verspottet. Aber *wer zuletzt lacht* und so weiter. Ich schneide mir die Nasenhaare zweimal im Jahr, und zwar immer, wenn ich verreise - seit 22 Jahren nach Helgoland. Der Mann mit der Lederimitatjacke stinkt wie eine Kuh aus dem Arsch, trägt seinen Speiseplan der vergangenen Monate mit sich herum. Die U-Bahn ist ein idealer Ort für Studenten, die sich mit der Vergärung kohlenhydratischer Speisereste befassen müssen. Ja nicht inhalieren! Nur flach atmen! Wofür zahle ich den vollen Preis für eine Monatskarte? Die Bahn steht inmitten des Tunnels. Bitte sehr, wer es nicht weiter aushält, muss aussteigen. Was weiß ich, wie Stromabnehmer aussehen. Das wäre ein *Event*, wenn wir alle aussteigen müssten - eine Art russisches Roulette. Vielleicht sollte ich diese Idee an einen Quotensender verkaufen. Ein halbwegs kultivierter Mensch kann diesen Geruchsmix aus Schweiß, Fäkalien, Junkfood und Müll unmöglich aushalten. Eine Zumutung! Besonders katastrophal ist es am Morgen. Neben dem säuerlichen Gestank dienen die mit klumpigem Sekret verklebten Augenlider als sichtbarer Beweis dafür, dass diese Kreaturen in Menschengestalt noch nicht mit Wasser in Berührung gekommen sind. Ich brauche Einweghandschuhe für die Türgriffe. Wie viele waschen sich nicht die Hände, bohren in der Nase oder ... Die Blonde liest. Vermutlich blättert sie in einem Kitschroman - irgend so eine Liebesscheiße. Und die Rothaarige mit der gestreiften Zirkushose lässt sich von diesem Ziegenbart befummeln. Der hat wohl bei seiner Geburt den Rahmen mitgenommen. Müssen die ihre Beziehung hier vorleben? Führt ihn uns vor, den *Prozess zur Stillung viehischer Begierden*. Widerlich! Es riecht nach Sperma. Ich kann mich nicht bewegen, nicht einmal gerade stehen. Die gepiercte Ökoschlampe, deren Körper unfreiwilligerweise mit meinem Körper verschmolzen zu sein scheint, verschlingt ein Leberwurstbrot. Wenn Blicke töten könnten ... Es stinkt nach Pisse. Die Hose des alten Zwergs ist in Urin getränkt. Jetzt rotzt er auch noch lautstark in seine Hand. Diese Leberwurstbrotschlampe soll ersticken ... den Ziegenbock erschlagen ... den Riesen mit den ausrasierten Augenbrauen ebenfalls ... wenn ich einen Hammer ... auf seinen polierten Schädel ... über sechs Milliarden ... die Welt zu klein ... der Kahlkopf oder ... in den Mund schießen. Das Gehirn spritzt ... Endlich! Die Bahn fährt weiter. Einfach flach atmen und die Augen schließen! Ja, die Augen schließen und ... Ein Menschenfeind, das bin ich nicht. Im Gegenteil: Ich liebe den Menschen. Aber er soll mir nicht zu nahe kommen ...

Christian Müller

Berlin: Einem alten Türken in Kreuzberg

An den Wänden der Mietkästen ringsum
Wuchern die Graffiti,
Aber an seinem Zaun
Sind es Sonnenblumen
Und niedrige Büsche.

Hinter den Fensterreihen
Ein ummauertes Wohnen,
In den Hinterhäusern
Ein Leben an Lichtschächten
Die Brunnen für das Auge sind.

Er hingegen vernagelte lückig das Holz,
Baute sich einen kleinen Balkon,
Reckte ein Ofenrohr ins Freie,
Einen angewinkelten Arm
Mit Fingern aus Rauch.

Mitten in der Stadt,
Dort, wo andere Häuser hochziehen
Oder Bilanzen und Börsenkurse
Baut er Tomaten und Gurken.

Christian Müller

Vor einer Metrostation, Moskau

Auf Schemeln hocken die Alten
Mit ackerfurchigen Gesichtern
Und ein paar Blumen in Händen,
In Händen, die sie aus dem
Schoß zu nehmen gezwungen sind.
Sie verkaufen den Rest ihrer Kraft
In einem Aufblühn,
Das vielleicht einem Liebespaar
Den Abend verschönert;
Sie haben aus ihren Handwurzeln
Blumen blühen lassen,
Ein Gärtnern auf Staub aus Verzweiflung,
Und gekauft und benutzt landet das Alte
Auf dem Müll,
Oder wird in den Straßen zertreten.

Christian Müller

Hong Kong: Kowloon Park, mittags, Windstille

Aus dem grünen Gewölk der Blätter
Tropft ein heißer Schatten.
Windstille, gestockte Luft.
Auf den Bänken die Alten
Mit Schweißschnurrbärten, Fächer vorm Gesicht,
Schwimmhäute für die Lungen,
Luftfeuchtigkeit achtzig Prozent.

Vor mir Flamingos
Im schlickgrünen Wasser des Teichs,
Ihre Hälse Fragezeichen
Vor dem gepflegten Dschungel ringsum
Und dem Wildwuchs dahinter:
Lianen die Rohre und Leitungen
An den kronenlosen Stämmen der Hochhäuser,
Baumschwämme die Kästen der Klimaanlagen,
Und auf den Transparenten über den Straßen
Schriftzeichen wie Epiphyten,
Die dem Auge entgegenwuchern:
Ohne Weg ist, wer seinen Geist
Hier nicht ab und zu nachschärft,
Diese Machete, die so schnell stumpf wird.

Harald Ulbrich

Santiago de Chile

Die Erde bebt schon wieder, diesmal leicht.
Beherrscht von schneefleckigen Anden
aus der Ferne schimmernd
durch den Smog der Metropole:
Santiago de Chile.

Koloniale Reste haben die Beben überdauert.
Indianische Juwele
nur noch in wenigen Museen.

Wir essen Picaditas
zu fruchtig-starkem Pisco Sour.
In den rotglühenden Abendhimmel
ragt erhaben der Manquehue.

Gabriela Jurina

der föhnwind
zerzaust die gamsbärtigen antennen
hirschhornknöpfe surren
wie fliegen gegen horizont
hie und da im fallwind
noch ein aufrechter tiroler
böllert sich den ausblick bunt
schräge hüte & scheuer schweiß
fallen feldgestochen aus dem blick
hie & da im fallwind noch ähren
im epizentrum einer vogelscheuche
die zum handschlag ausholt

über innsbruck bläst sich ein föhnloch
den atem still
& filzt die wolken trunken
hier über den inn spucken
& ein loch in die luft starren
dann ist es aus mit dem fallwind

Rosemarie Thüminger

Johannas Weihnachten

Johanna geht die Straße hinunter. Rechter Hand die Schaufenster der Geschäfte, vor ihr die Annasäule, Schnee auf dem Rasen, den sommers rote und blaue Blumen zieren, quer über die Straße gespannt Girlanden bunter Glühbirnen. Die Auslagen voll schöner Dinge, nützlicher Dinge, hässlicher Dinge, Geschenke über Geschenke.
Warum machen mich die Schaufenster traurig, denkt Johanna. Vollgestopfte Schaufenster machen traurig. So viele Sachen - und selbst wenn wir sie alle kaufen könnten, würden wir nicht glücklicher sein. Aber dass sie Glück versprechen, ohne das Versprechen einlösen zu können und wir, öfter als uns lieb sein kann, darauf hereinfallen, das macht traurig.
Johanna schreitet rüstig aus. Am Ende der Maria-Theresien-Straße steigen die Hänge der Nordkette auf. Sie liebt dieses Bild, wie sie überhaupt die Stadt liebt. Es hat Zeiten gegeben, da hat sie diese Stadt gehasst. An den Fenstern Hakenkreuzfahnen, knallende Stiefel auf dem Pflaster. Am Gehsteig die brüllende, johlende Menge, emporgerissene Arme. Wie mächtig sie gebrüllt haben! Mob, hatte Johanna damals gedacht, und denkt sie noch heute. Verblendeter Mob. Wie leise war die Trauer der anderen gewesen, der Nachdenklichen, der Verfolgten, Mitleidenden. Die Nazis sind besiegt worden, trotz ihrer Macht und Herrlichkeit, ihrer Waffen und ihrer harten, entschlossenen Gesichter. Es hat Zeiten gegeben, da hat Johanna keine schwarzen Stiefel sehen können und keine Wolfshunde, sie, die Hunde immer geliebt hatte.
Sie biegt in den Burggraben ein, auch hier Waren im Über-

fluss. Dabei müssten die Geschenke schon alle gekauft sein, heute, am Heiligabend. Im Vorbeigehen bedenkt sie den Chor der Hofkirche mit einem ausgiebigen Blick. Seit sie nicht mehr reisen kann, ist sie dankbar für jedes Stück schöner Architektur in ihrer Stadt.
Auch über den Häusern der Museumstraße funkeln die Weihnachtssterne gegen den schwarzen Himmel. Straßenbahnen, übermalt mit Reklamesprüchen, fahren vorüber. Johanna ist auf dem Weg zum Friedhof, um dort eine Kerze anzuzünden. Frauen ihrer Generation, seien sie religiös oder nicht, gedenken am Weihnachtsabend ihrer Toten, indem sie auf den Gräbern Lichter entzünden.
Die Steigung zur Sillbrücke zwingt sie zu heftigem Atmen. Auf der Brücke bleibt sie stehen. Sie schaut die Sill hinauf und ihre Gedanken fließen den Wassern entgegen, die Sillschlucht, das Wipptal empor, bis zu den Quellen. Heute liegen die Kare und Täler, denen diese Wasser entströmen, in tiefer Einsamkeit. Aber einst war sie dort oben gewesen, durch Latschenhänge gestiegen, hatte die steilen Hänge gequert, sich durch steile Rinnen geplagt. Heute wurde Johanna bald müde, schon der Gang aus der Innenstadt zum Pradler Friedhof strengt sie an. Vielleicht hätte sie klüger getan, die Tram zu nehmen, aber seit einiger Zeit fürchtete sie die Straßenbahnen mit ihren schnell schließenden Türen, ihrem heftigen Anfahren und Bremsen.
Der Schnee knirscht unter ihren Füßen. Es kommen ruhigere Straßen. Hier funktioniert die Schneeräumung nicht so perfekt wie in der Innenstadt. Die Gehsteige sind vereist. Johanna zwingt sich zu vorsichtigem Gehen, ein Sturz in ihrem Alter kann böse Folgen haben. In einigen Vorgärten funkeln mit elektrischen Lämpchen bestückte Tannenbäume, und zwischen die Scheiben mancher Doppelfenster haben fürsorgliche Hausfrauen brennende Kerzen gestellt. Sie sind

für alle Menschen, die an diesem Abend allein sein müssen. Auch ihre Mutter hat es so gehalten, ein alter Brauch, doch Johanna hat schon als Kind nichts anfangen können mit Traditionen solcher Art.
Das Friedhofstor steht offen. Viele Gräber sind mit Tannenzweigen oder winzigen Christbäumen geschmückt. Acht Jahre ist Robert tot. Sie hat sich an seine Abwesenheit gewöhnt. Sie kann Fotos von ihm betrachten, seinen Namen aussprechen, und der Schmerz presst ihr nicht mehr das Herz zusammen. Ihr Mitleid - flimmerndes Licht, Föhn über der Stadt, Musik, Menschen tauschen ihre Gedanken aus, versammeln sich zum gemeinsamen Feiern, er aber ist tot - ist verblasst. Nun überwiegen die Erinnerungen an sein Leben. Es war wie ihres gewesen, beide hatten sie die Kriegszeit erlebt, waren eingesperrt gewesen, schließlich befreit worden. Ihr Leben war reich gewesen an Niederlagen, aber auch an Siegen, kleinen und größeren, an Lust und Arbeit.
Johanna fegt den Schnee beiseite, zündet die Kerze an. Manchmal findet sie ein paar Blumen am Grab, Zeichen, Grüße auch für sie: Schau, noch immer gedenken wir seiner. Er ist nicht vergessen.
Zum Heimfahren leistet sie sich ein Taxi. Im Stiegenhaus dröhnt ihr das übliche Geschrei aus der Wohnung im ersten Stock entgegen. "Dass die auch immer streiten müssen, sogar heute", sagt der Nachbar, der mit einem großen, in Seidenpapier gewickelten Blumenstrauß die Treppe herunterkommt. Johanna wundert sich nicht. Wer das ganze Jahr nicht miteinander auskommt, findet zu den Feiertagen erst recht keinen Frieden.
Sie sperrt die Wohnungstür auf, legt Mütze und Jacke ab. Sie hat Spinat mit Olivenöl und Knoblauch vorbereitet und legt die Platte mit dem Weihnachtsoratorium auf. Robert hat es nie gemocht, hier waren ihre Neigungen verschieden gewe

sen. Das Essen schmeckt ihr vorzüglich, ebenso der Wein, den Freunde aus Sizilien mitgebracht haben.
Als das Telefon läutet, ist Johanna überrascht. Wer kann sie anrufen? Es ist schon neun vorbei. Sie hasst die Weihnachtsfeiern der barmherzigen Damen genauso wie der mildtätigen Sentimentalen für Sandler, Einsame oder sonstige Außenseiter. Da braucht man nicht hinzugehen. Aber sie hasst auch die pflichtbewussten Besuche von Familienangehörigen oder Bekannten. Deshalb hat sie allen erzählt, dass sie für ein paar Tage verreise. Und jetzt läutet das Telefon! - Es war nur eine falsche Verbindung, sie bleibt allein. Gegen zehn legt sich Johanna, gesättigt von in Öl getränktem und mit Knoblauch gewürztem Spinat, erheitert und angeregt durch sizilianischen Wein und Bach'sche Musik, zu Bett.

Josephine Erdbrügger

Münchner Oktoberfest

Riesige Menschenansammlungen sind eigentlich nicht mein Fall, aber nachdem zum Münchner Oktoberfest die Leute sogar aus Amerika anreisen, glaubte meine Familie etwas zu versäumen, wenn wir nicht wenigstens einmal dabeigewesen wären.
Das Oktoberfest ist eigentlich ein Septemberfest, warum weiß ich nicht, es wird schon einen Grund haben. Das Wetter war noch spätsommerlich schön, als wir uns aufmachten, das größte Spektakulum des Jahres mitzuerleben. Da Münchner Oktoberfest und Bier ein Begriff sind und ich absolut kein Bier mag, hatte ich von Anfang an Bedenken, wie ich meinen Durst löschen könnte. Ob es da auch gespritzten Apfelsaft geben würde und für die Kinder Limonade?
Als wir endlich einen Parkplatz ergattert und die Menschenschlange an der Kasse überwunden hatten, brauchten wir eigentlich nur stehen zu bleiben und uns von den Nachkommenden schieben zu lassen. Stolpern hätte allerdings gefährlich werden können. Genau wie nach den Verkehrsregeln strömten die Menschen rechts hinein und links heraus. An den Seiten standen der Reihe nach die Buden all jener, die am Oktoberfest verdienen wollten und es waren nicht wenige. Es roch verführerisch nach gebrannten Mandeln, nach Zuckerwatte und anderen Süßigkeiten. Wir ließen uns dahintreiben, unser Sohn wollte eine Zuckerwatte, der Vater kämpfte wie ein Löwe darum. Wir schwammen schon längst wieder im Menschenstrom, als wir zu den gebratenen Fischen kamen. Man nennt sie Steckerlfische, weil sie auf eine ganz besondere Art gebraten werden. Der Duft war um

werfend, mir lief schon das Wasser im Mund zusammen. "Die sind erst in einer halben Stunde fertig", sagte der Budenbesitzer. Leider nichts zu machen, vielleicht schwimmen wir in einer halben Stunde wieder vorbei.
Aber in einer halben Stunde waren wir schon am Riesenrad, an der Schiffsschaukel, an der Geisterbahn und unser Sohn samt Zuckerwatte war auch verschwunden. Aus den Bierzelten tönte es Rumtata, Rumtata ..., mein Mann leckte sich schon die Lippen nach einem Bier, aber erst musste unser Sohn gefunden werden, bevor er zertrampelt würde. Zum Glück hatte er kein Geld und so stand er friedlich vor der Schiffsschaukel.
Nun fing Vater aber wirklich an, ein Bierzelt anzusteuern, was ich ihm auch nicht verdenken konnte. Mit vereinten Kräften durchbrachen wir die Phalanx der unermüdlich strömenden Menschen und fanden uns plötzlich am Eingang eines Bierzeltes, den Sohn fest an der Hand, wir wollten ihn nicht noch einmal suchen. Das Bierzelt war riesig, die Musik laut, die Kellnerinnen stämmig und unfreundlich und kein einziger Sitzplatz frei. Ich hoffte zwar immer noch, dass mein Mann ein Bier im Stehen trinken könnte, aber das war eine Täuschung. Es dauerte nicht lange und wir wurden auf der gegenüberliegenden Seite wieder aus dem Bierzelt geschoben.
Hungrig und durstig wie nie zuvor kämpften wir uns zum Ausgang durch. Unser Bedarf an September- oder Oktoberfest, wie immer man es auch heißen mag, war gedeckt: Kein Bier, kein Steckerlfisch, kein Apfelsaft, so ein Oktoberfest ist halt doch nicht jedermanns Sache.

Aus: "Die kleinen Dinge sind's im Leben ..."
Edition Tirol, St. Gertraudi 1999

Thomas Schafferer

sonntagmorgenstimmung

aus der umarmung der liebsten
in den arbeitstag, in die welt der touristen
die sonntag morgens nicht mehr oder
noch nicht schlafen, doch ihren blick
schweifen lassen möchten über die
stadt

aus den entblätterten ahornalleen
wo kaum ein laut zu hören, wo nur die
kirchturmglocken jetzt feierlich stürmen
wie der wind der ansonsten die herzen
und gehirne der menschen verwirrend
verweht

aus dem samstagabendnichtstun
in das frühmorgendliche kaffee holen
aus dem damals widerständischen lokal
über den platz der morde, vierteilungen
hinauf in den turm wo ein bund sich
schloß

Thomas Schafferer

aus der kurzen straße, wo brecht
wohnte, wo heute ich in einer
alten villa mein glückliches dasein
friste, hinein in das herz einer stadt, die
wohl nicht welt- doch heimatstadt
mir ist

Albina Kritzinger

stadtliche natur

säulen von abgas striemen
oh zone den smoging
- grau: top! -
ahnen nichts
von braunen teppichen
zwischen blöcken:
betreten verboten,
schauen!
&
mehr grauzonen

über den hofgartenplatz
sage zu meinem kind:
auch früher hingen
die wolken tief - die grünen -
und regen strömte erdig.

Fritz Pechmann

Berlin

Das machtstrotzende
Reichstagsgebäude von
Christo verpackt
in silberschimmernden
Stoff
als ob
Reinwaschen von Schuld
möglich wäre

Fritz Pechmann

Paris

Karfreitags: Monochromes Ohrerlebnis
der schweigenden Menschenmenge
in Notre Dame

Umsäumt vom
Murmeln des unaufhörlichen
Besucherstroms

Die Dornenkrone in ihrer
Anwesenheit

Aus: "Ortstiefen". Edition Doppelpunkt.
Wien 2003

Marion Jerschowa

Irkutsk

Wer glaubt, sich hier am Rande der mongolischen Steppe romantischen Schwärmereien von europäischem Pioniergeist und asiatischen Mysterien hingeben zu können, der wird wohl enttäuscht sein. Der sollte, noch bevor er sich ins Zentrum begibt, eine Reise durch die Museen antreten. Denn um diese fürs erste provinziell anmutende, von ausufernden Flüssen zerrissene Stadt zu lieben, muß man wissen, was sie einmal war. Und je mehr Fäden man zu ihrer Vergangenheit spinnt, umso deutlicher zeichnet sich der Grundriß eines faszinierenden Außenpostens europäischer Geschichte ab.

Hier die Stelle am Zusammenfluß von Irkut und Angara, an welcher sie alle mit ihren Kähnen übergesetzt haben - die ersten Kosaken, die ersten Zobeljäger, die ersten Chinareisenden, die ersten Expeditionen auf dem Weg nach Japan und Amerika. In ihrem Gefolge dann die Kolonisten, die Karawanen der Kaufleute, schließlich die endlosen Kolonnen der zu lebenslänglicher Katorga verurteilten Sträflinge. Immer das gleiche Bild, wenn die erschöpften Menschen vor dem "Moskauer Tor" auf die Knie fielen, darunter auch die heldenhaften Frauen der Dekabristen, die ihren Männern freiwillig in die Verbannung folgten. Jahrhundertelang war Irkutsk in erster Linie als Zwischenstation auf einem unvorstellbaren Leidensweg ein Begriff.

Dort der Sitz des Gouverneurs, seine Machtbefugnisse reichten vom Jenissej bis nach Alaska. Auf dem Friedhof eines Klosters die Grabstätte des "russischen Kolumbus" Schelichow, jenes Mannes, der Ende des 18. Jahrhunderts erstmals die russische Flagge auf dem amerikanischen Kontinent hißte. Und du versuchst dir das Unvorstellbare vorzustellen: Irkutsk als Drehscheibe zwischen Europa und Amerika, sechstausend Kilometer von Moskau und sechstausend Kilometer von der Küste Alaskas entfernt. Fast ein ganzes Jahr brauchte man damals, um diese Entfernung zurückzulegen.

Du wanderst durch Straßen, in welchen einmal europäische Eleganz dominierte. Ganz Rußland blickte neidisch nach dem "sibirischen Petersburg" mit seinem flotten Gesellschaftsleben und dem sagenhaften Reichtum, zu dem es dort so mancher gebracht hatte. Viele Häuser strahlen noch das Flair jener Zeit aus. Du stehst vor frisch renovierten hölzernen Palästen und weißt, hier residierten die adeligen Herrschaften oder auch "nur" der Kaufmann XY. Die Mehrheit der Holzhäuser aber scheint dem Verfall preisgegeben - Fenster und Türen mit Brettern vernagelt, die Dächer schadhaft, die Wände verzogen. Manche sind überhaupt zur Hälfte im unruhigen Untergrund versunken und sehen aus, als warteten sie sehnsüchtig aufs nächste Erdbeben, das sie von einer schweren Krankheit erlöse. Trotzdem leben immer noch Menschen darin.

Ach, was gibt es nicht alles zu entdecken in Irkutsk! Vorbei die Zeit, als gesichtslose Monsterbauten das Stadtbild prägten: Parteipaläste und sonstige protzige Bauten. Heute sind es wieder die zierlichen Zwiebeltürme und frisch getünchte Klostermauern allerorts. An den Sonntagen übertönt Glockengeläute den Verkehrslärm, weit hallt es über die Angara hinweg, und die riesige gußeiserne Statue im Zentrum wirkt auf einmal klein und verloren - Lenin, wer sonst.

Die Pose kennt man ja: linke Hand am Kragenspiegel, rechter Arm gebieterisch nach Osten ausgestreckt. Vorwärts, Genossen! hat das einmal bedeutet. Und heute? Ich überlege. Alles, was mir dazu einfällt, ist der Zusatz: ... und hinter mir die Sintflut.

Autoren- und Inhaltsverzeichnis

Peter Drescher, geb. 1946, lebt in Tiefenort/Thüringen. Schreibt Prosa. Publikationen in Zeitungen, Zeitschriften, Anthologien. Zehn Buchveröffentlichungen: zuletzt "Auf der Flucht", Roman, 2002. "Parole schwarzes Gold", Kinderbuch, 2003. Deutscher Jugendliteraturpreis der Stadt Ellwangen.
"Zu Hause" (Kurzprosa) 89 - 93

Elisabeth Ebenberger, geb. 1943, lebt in Braz. (Vlbg.). Ausbildung zur Fremdsprachenkorrespondentin.
Veröffentlichungen: Lyrik, Prosa, Kinder- und Jugendbücher, Reise- und Erfahrungsberichte über den Spanischen Jakobsweg. Mehrere Literaturpreise: Theodor-Körner-Förderpreis u.a.
"Stadtbild Graz" (Kurzprosa) 29 - 36

Josephine Erdbrügger, geb. 1928, lebt in Innsbruck. Ausbildung zur Dipl.-Krankenschwester. Schreibt Kurzgeschichten und Aphorismen. Veröffentlichungen in Zeitungen und Anthologien. Erzählband: "Die kleinen Dinge sind's im Leben", 1999.
"Das Münchner Oktoberfest" (Kurzprosa) 123 - 124

Christl Greller, geb. 1940, lebt in Wien. Schreibt Lyrik und Prosa, zahlreiche Beiträge in Anthologien, Zeitschriften und beim ORF. Mehrere Bücher und Auszeichnungen. Neuer Erzählband: "Schatten werfen", Resistenz-Verlag, 2002.
"himmel über wien" u.a. (Gedichte) 106 - 107

Manfred Hausin, geb. 1951, lebt in Emmerke, BRD. Freier Schriftsteller, Kabarettist und Verleger. Zahlreiche Veröffentlichungen. Beiträge in Zeitungen, Zeitschriften, Kalendern, Almanachen und Anthologien. Mehrere Gedichtbände: "Hildesheimer Pumpernickel", 1988 u.a.
"Kleinstadt", "Großstadt", "Statt Frühling"
(Gedichte) 94

Brigitte Hitzinger-Hecke, geb. 1940, lebt in Innsbruck. Dipl.Kfm. (Marketing, Werbung, PR). Schreibt kulturhistorische Essays. Publikationen in deutschen und österreichischen Zeitschriften und Zeitungen.
"Sevilla - das Tor zu Amerika oder das größte Archiv der Welt"
(Essay) 80 - 83

Erna Holleis, geb. 1970, lebt in Salzburg. Studierte Germanistik. Publikationen in Literaturzeitschriften und Anthologien (Siemens-Forum-Literaturpreistexte, Haymon). Zahlreiche Förderungen.
"Wär ich doch am Goldenen Dachl"
(Gedicht) 10

Jutta Höpfel, geb. 1928, lebt in Innsbruck. Musik-, Sprachen- und Philosophiestudium in Wien und Innsbruck. Kulturjournalistin. Publikationen in Zeitschriften, Zeitungen, Festschriften, Dokumentationen, Anthologien. Lyrik, Essays, Kurzprosa in mehreren Anthologien u. Zeitschriften. Mehrere Auszeichnungen.
Buch: "Innsbruck - Residenz der alten Musik", Tyrolia Innsbruck, 1989.
"Innsbruck ´45 - Trümmer und andere Wunden"
(Kurzprosa) 1 - 9

C.H. Huber, geb. 1945, lebt in Innsbruck. Schreibt Lyrik, Prosa und Dramatik. Veröffentlichte in Anthologien und Literaturzeitschriften. Mehrere Literaturpreise. Prosaband: "unter tag", TAK, 1999. Lyrikband: "gedankenhorden", edition doppelpunkt, Wien, 2002.
"heimwärts", "hofgarten" (Gedichte) 20 - 21

Fritz Huber, geb. 1942, lebt in Salzburg. EDV-Leiter. Schreibt Lyrik. Veröffentlichungen in Literaturzeitschriften. Gedichtbände: "Ein Segel aus gegerbter Luft" , 2000, "Ein brennender Fisch", 2003.
"aus bottichen", "biennale" (Gedichte) 37 - 38

Barbara Hundegger, geb. 1963, lebt in Innsbruck. Studium der Germanistik, Philosophie und Theaterwissenschaft in Innsbruck und Wien. Schreibt vor allem Lyrik. Mehrere Stipendien und Preise (Christine-Lavant-Preisträgerin 2003). Zahlreiche Veröffentlichungen in Literaturzeitschriften, Zeitungen und Anthologien.
Lyrikbände: "und in den schwestern schlafen vergessene dinge", Wieser-Verlag 1998, "desto leichter die mädchen und alles andere als das", Wien 2002.
"innsbruck lassen", "die am inn ihr leben ließen"
(Gedichte) 18 - 19

Marion Jerschowa, geb. 1943, lebt in Linz. Slawistikstudium in Wien. Einige Jahre Lehrbeauftragte für Russisch an der Universität Linz. Übersetzungen von russischen Autoren. Schreibt Lyrik und Prosa.
Bücher: "Der Traurigkeit die Zähne zeigen". Lyrik, 1989.
"Honigland, Bitterland". Roman aus Moskau, 1990, u.a.
"Irkutsk 2000" (aus Erzählung "Ritt über den Baikalsee")
(Kurzprosa) 130 - 132

Alfons Jestl, geb. 1956, lebt in Mariasdorf/Burgenland. Studium der Theologie in Innsbruck. Schreibt vor allem Lyrik. Publikationen in Fach- und Literaturzeitschriften, Anthologien. Lyrikbände: "Den Wasserkrug zerschlagenen tragen", 1999. "Der nackte Kaiser", 2001 (Bibliothek der Provinz) u.a.
"Stadt-Fronleichnams-Prozession" (Gedicht) 73

Roland Jordan, geb. 1943, lebt in Innsbruck. Schreibt vor allem Lyrik. Veröffentlichungen in Literaturzeitschriften und Anthologien. Lyrikbände: "Gesang durch Gitterstäbe". Gedichte 1979. "Verborgene Ringe". Gedichte 1984, u.a.
"Innsbruck", "Mailänder Dom" (Gedichte) 74 - 75

Gabriela Jurina, geb. 1967, lebt in Innsbruck. Studium der Germanistik und Komparatistik in Innsbruck. Freie Schriftstellerin, Publizistin, Wissenschaftsjournalistin. Schreibt Lyrik und Prosa. Lyrikband: "wie das abendrot funkioniert" . Haymon 1995, u.a.
"der föhnwind", "über innsbruck" (Gedichte) 118

Angela Jursitzka, geb. 1938, lebt in Innsbruck. Schreibt Prosa (Reisefeuilletons, Jugendkrimi, Roman). Veröffentlichungen in Zeitungen, Zeitschriften und Anthologien. Neuerscheinung: "Das Gähnen der Götter"- Tirol vor 2299 Jahren. Roman. (Edition Tirol, 2003).
"Von Wallensteins Loggia ins Böhmische Paradies"
(Reisefeuilleton) 76 - 79

Erna Killinger, geb. 1928, lebt in Innsbruck. Schreibt vor allem Prosa und journalistische Beiträge. Veröffentlichungen in Zeitungen, Literaturzeitschriften, Anthologien und Kalendern. Einzelbände: "Skizzen aus meinem Alltag". Kurzprosa, 1981. "Ansichten einer Närrin". Kurzprosa, 1998, u.a.
"Der Bazar" (Kurzprosa) 66 - 68

Heidi Knapp, geb. 1941, lebt in Kufstein. Schreibt Lyrik, Fabeln, Kurzprosa, Glossen. Veröffentlichungen in Zeitungen, Zeitschriften, Anthologien. Bücher: "Aus dem Leben einer Blödfrau". Kurzprosa, 1995. "Stunden geliehenen Glücks". Gedichte, 1999, u.a.
"Im Dom von Sankt Jakob", "Auf Ambras"
(Gedichte) 28

Oswald Köberl, geb. 1931, lebt in Innsbruck. Anglistik- und Romanistikstudium in Innsbruck. Gesangsstudium.
Schauspieler, Sprecher im ORF, Kulturjournalist, Kunstmaler (Ausstellungen im In- und Ausland). Schreibt Lyrik, Prosa, Dramatik. Veröffentlichungen vorwiegend im ORF und bei der RAI Bozen.
"Nach Berlin kommen - aus Tirol" (Kurzprosa) 22 - 25

Engelbert Krismayr, geb. 1938, lebt in Innsbruck. Schreibt Lyrik und Prosa. Kunstmaler. Veröffentlichte in Anthologien und Literaturzeitschriften.
"innsbruck", "hall in tirol" (Gedichte) 43 - 44

Albina Kritzinger, geb. 1977, lebt und studiert in Innsbruck (Germanistik/Geschichte). Veröffentlichungen in Literaturzeitschriften und Anthologien.
"stadtliche natur" (Gedicht) 127

Güle G. Lerch, geb. 1953, lebt in Innsbruck. Lehrer für Sport und Französisch, Dolmetscher und Übersetzer. Schreibt Kurzprosa und Lyrik. Veröffentlichungen in Zeitschriften und Anthologien.
"kurze Enthüllung", "dieser Tage" (Gedichte) 101 - 102

Rosi Lochmann, geb. 1943, lebt in Kufstein. Schreibt vor allem Mundarttexte. Mehrere Veröffentlichungen. Neuerscheinung: "Fletzen, Warzen und aufgeschlagene Knie". Prosa. Edition Tirol 2003.
"Innsbruck" (Gedicht) 100

Karl Lubomirski, geb. 1939, lebt in Innsbruck und Brugherio/Mailand. Schreibt vor allem Lyrik, Kurzprosa, Essays. Zahlreiche Ehrungen und Veröffentlichungen.
Übersetzt in mehrere Sprachen. Bücher: "Stille ist das Maß der Weite". Lyrik, 1973. "Licht und Asche". Lyrik, 1987. "Propyläen der Nacht". Lyrik, 2003, u.v.a.
"Innsbrucker Westfriedhof", "Mailand", "Rom"
(Gedichte) 11 - 12

Dorothea Macheiner, geb. 1943, lebt in Salzburg. Studium der Theologie und Germanistik. Schreibt Lyrik, Prosa und Hörspiele. Zahlreiche Veröffentlichungen. Bücher: "nixenfall". Roman. Wien 1996. "Yvonne" Roman. Wien 2001, u.a.
"Georg und Grete" (Gedicht) 87

Ingrid Mascher, geb. 1962, lebt in Mils/Hall i.T. Sozialarbeiterin. Schreibt Gedichte.
"Hall" (Gedicht) 88

Dorothea Merl, geb. 1920, lebt in Innsbruck. Chemiestudium. Schreibt Lyrik und Kurzprosa. Veröffentlichungen in Zeitungen, Kulturzeitschriften, Anthologien, im ORF und bei der RAI.
Bücher: "Der Paradiesvogel". Gedichte und Kurzprosa. "Mondstaub und Rosmarin". Gedichte. Athesia Bozen 1987, u.a.
"Hochhaus/Innsbruck", "Bozen" (Gedichte) 48 - 49

Christian Müller, geb. 1972, lebt in Salzburg und Brannenburg, BRD. Gelernter Trompetenmacher. Schreibt Lyrik und Reiseerzählungen.
"Berlin. Einem alten Türken in Kreuzberg", "Vor einer Metrostation, Moskau", "Hong Kong"
(Gedichte) 114 - 116

Claudia Paganini (Mathis), geb. 1978, lebt in Wien. Studium der Theologie und Philosophie an der Universität Innsbruck. Schreibt vor allem Lyrik und Prosa. Bücher: "Wie ich aufgestanden bin". Roman, 2001. "schwarzer schnee". Lyrik und Kurzprosa, 2002, u.a.
"Das Krokodil" (Kurzprosa) 98 - 99

Fritz Pechmann, geb. 1956, lebt in Wien. Studium der Theologie an der Universität Innsbruck. Zahlreiche Veröffentlichungen in Zeitschriften und Anthologien. Ausstellungen als bildender Künstler im In- und Ausland.
Lyrikband: "Ortstiefen". Edition Doppelpunkt 2003.
"Berlin", "Paris" (Gedichte) 128 - 129

Carolina Piotrowski, geb. 1976, lebt in Innsbruck. Studierte Deutsch, Englisch und Gitarre. Lehrerin.
Schreibt vor allem Lyrik. Veröffentlichungen in Zeitschriften und Anthologien.
"frau hitt/nordkette innsbruck" (Gedicht) 45

Antonia Riha, geb. 1943, lebt in Innsbruck. Initiatorin und Vorsitzende des Vereins "Sprachinsel-Forum für interkulturelles Lernen". Schreibt Lyrik und Kurzprosa.
Veröffentlichungen in Literaturzeitschriften und Anthologien. Lyrikband: "In dieser Schafskälte", 1984.
"Frühlingserwachen" (Gedicht) 47

Thomas Schafferer, geb. 1973, lebt in Innsbruck. Studium der Politikwissenschaft. Schreibt vor allem Lyrik. Veröffentlichungen in Jugend- und Studentenzeitungen. Herausgeber und Chefredakteur von "cognac & biskotten" (Literaturmagazin). Lyrikbände:"unverkäufliche gedichte", 1995, "splitter-nackt", 2001, u.a.
"sonntagmorgenstimmung" (Gedicht) 125 - 126

Klaus Schebesta, geb. 1964, lebt in Innsbruck. Studierte Politikwissenschaft und Jus. Journalist und Werbetexter.
Schreibt Lyrik, Kurzprosa und Dramolette.
"Frühlingserstarren" (Kurzprosa) 103 - 105

Barbara U. Schumann, geb. 1948, lebt in Hamburg. Röntgenassistentin. Schreibt Lyrik. Veröffentlichungen in Anthologien und Zeitschriften. Lyrikbände: "Lerche talaufwärts", 2001, "Treppe zum Strand", 2003, u.a.
"Ein bisschen Venedig" (Gedicht) 95

Julian Schutting, geb. 1937, lebt in Wien. Studium der Geschichte und Germanistik an der Universität Wien.
Schreibt Lyrik, Prosa, Hörspiele. Zahlreiche Veröffentlichungen, Ehrungen und Literaturpreise. Bücher: "Flugblätter", Gedichte. Otto Müller 1990, "Katzentage", Prosa. Residenz 1995, "Gezählte Tage". Prosatagebuch. Residenz 2002 u.v.a.
"8. Mai 99, Innsbruck" (Kurzprosa) 50 - 52

Aurelia Seidl-Todt, geb. 1948, lebt in Wattens/Tirol. Schreibt Lyrik und Prosa. 1. Preis beim Lesewettbewerb im Salzburger Literaturhaus 1999. Lyrikband: "...und es blättern aus den Bäumen". Gedichte. TAK 2002.
"Innsbruck im Spätherbst", "Frühling im Saggen'
(Gedichte) 96 - 97

Peter Teyml, geb. 1943, lebt in Hall i.T. Schreibt Lyrik und Prosa, kulturjournalistische Arbeiten. Veröffentlichungen in Zeitungen, Zeitschriften und Anthologien. Lyrikband: "Aufschub", 1987.
"Karwoche in Innsbruck" (Gedicht) 26 - 27

Rosmarie Thüminger, geb. 1939, lebt in Innsbruck. Freie Schriftstellerin. Schreibt vor allem Kinder- und Jugendbücher (in mehrere Sprachen übersetzt). Zahlreiche Publikationen und Auszeichnungen. Bücher: "Zehn Tage im Winter". Roman. Wien 1988. "In die Enge hinaus", "Hannahs Fünfzigerjahre", Prosa. Wien 1999, u.v.a.
"Johannas Weihnachten" (Kurzprosa) 119 - 122

Boško Tomaševic, geb. 1947, lebt derzeit in Innsbruck, stammt aus der Woiwodina/Ex-Jugoslawien. Studierte Literaturtheorie und Literaturwissenschaft an der Universität Belgrad. Zahlreiche wissenschaftliche Publikationen. Schreibt Lyrik und Essays. Stadtschreiber in Innsbruck 2000. Bücher: "Zweite Geschichte der Literatur". Ausgewählte Gedichte, 1997. "Gespräch in Heidelberg". Gedichte, 1998, u.a.
"Wien, Vorfrühling", "Freiburg" (Gedichte) 56 - 58

Harald Ulbrich, geb. 1960, lebt derzeit in Buenos Aires. Im diplomatischen Dienst (BMaA, Wien). Schreibt Lyrik, Kurzprosa und Reiseberichte. Lyrikveröffentlichungen.
"Santiago de Chile" (Gedicht) 117

Siegfried Unterhuber, geb. 1967, lebt in Schwindegg, BRD. Studierte Psychologie und Philosophie. Schreibt Lyrik.
Veröffentlichungen in Anthologien und Zeitschriften.
Lyikband: "In allen Gärten".
"Innsbrucker Altstadt", "Innsbruck von oben"
(Gedichte) 53 - 54

Michael Voldrich, geb. 1958, lebt in Innsbruck. Studium der Germanistik und Religionspädagogik. Schreibt Lyrik, Essays, Prosa. Publizierte in Zeitungen und Anthologien.
"Innsbruck", "Stadtstrand" (Gedichte) 55

Rainer Wedler, geb. 1942, lebt in Ketsch/Heidelberg. Studierte Germanistik und Geschichte. Schreibt Lyrik und Prosa. Mehrere Literaturpreise. Veröffentlichungen in Literaturzeitschriften und Anthologien. Bücher: "Die kaschubische Wunde". Roman, 1995. "Die Befreiung aus der Symmetrie". Roman, 1999, u.a.
"Heidelberg" (Essay) 59 - 63

Peter Paul Wiplinger, geb. 1939, lebt in Wien. Studium der Theaterwissenschaft, Germanistik und Philosophie an der Universität Wien. Vorwiegend Lyriker und Kulturpublizist. Zahlreiche Publikationen. Bücher: "Lebenszeichen", 1992. "Unterwegs", 1997 u.v.a.
"Jüdischer Friedhof" (Gedicht) 64 - 65

Andreas Wistrik, geb. 1963, lebt in Garmisch-Partenkirchen. Studierte Germanistik. Schreibt vor allem Prosaskizzen, Erzählungen, Dramen. Journalistische Publikationen. Veröffentlichte Prosa in Anthologien.
"Flach atmen oder Die Kunst des U-Bahn-Fahrens"
(Prosa) 108 - 113

Monica Wittib, geb. 1951, lebt in Innsbruck. Studierte Germanistik und Anglistik. Schreibt Lyrik und Prosa. Veröffentlichte in Literaturzeitschriften, Zeitungen und Anthologien. Literaturstipendien. Bücher: "Im ewigen Rund". Gedichte. Edition Doppelpunkt 2000. "O Patéra oder der Abschied vom Athos". Novelle. Berenkamp 02.
"Sommer in der Stadt" (Gedicht) 69 - 70

TURMBUND
Gesellschaft für Literatur und Kunst
Müllerstraße 3/I., A-6020 Innsbruck
Tel./Fax: +43/(0)512/58 38 52
E-Mail: turmbund@aon.at
Homepage: www.members.aon.at/turmbund

Name & Geschichte

Der Name Turmbund beruht auf der Gründung des Vereins durch Tiroler Autorinnen und Autoren in der ehemaligen Türmerstube des Innsbrucker Stadtturms am 17.11.1951. Der Turmbund feierte 2001 sein 50-jähriges Bestehen.

Aufgaben & Ziele

Die Förderung künstlerischer, besonders aber literarischer Begabungen zählt zu den Hauptaufgaben des Turmbundes. Dies geschieht im Rahmen von Lesungen, Werkstattgesprächen, Vorträgen, Publikationen, Schreibseminaren, Ausstellungen, Konzerten und Kursen.

Publikationen

Neue Turmbundreihe

Seit 1995 findet die "Kleine Reihe" in der Anthologie "Neue Turmbundreihe" eine Weiterführung, wo vor allem Lyrik-Schreibende vorgestellt werden.

Texttürme

Die Reihe "Texttürme" ist konzipiert als Anthologie für Lyrik und Prosa, meist zu einer speziellen Thematik.

Bereits erschienen:
Neue Turmbundreihe
Fliehende Ziele. Gedichte. C.H. Huber, Donald McKenzie, Christine Oberauer, Dorothea Woditschka.
arg aug & ohr. Gedichte. Christoph W. Bauer, Alfons Jestl, Aurelia Seidl-Todt, Michael Voldrich, Martin Walter.
zeilengitter. Gedichte. Sabine Eschgfäller, Güle G. Lerch, Chris Steeg, Peter Teyml, Jörg Waldhauser.
viel anfang für einen tag: Gedichte und Kurzprosa. Felix Kramer, Engelbert Krismayr, Albina Kritzinger, Thomas Mölg, Ursula Nusser, Christine Öhlinger, Carolina Piotrowski, Brigitta Scherleitner.

Texttürme
Unbekannte Lyrik und Prosa. Band 1
Phantastische Kurzprosa. Band 2
Tanz auf den Stukkaturen. Band 3
Ausblicke. Kurzprosa. Band 4

Bestellungen direkt beim Turmbund oder im Buchhandel.